Als Deutscher bin ich verschiedener Meinung

Anekdoten über Heinrich Heine

Nacherzählt
von Margarete Drachenberg

EULENSPIEGEL VERLAG

Die Anekdoten basieren auf der von
H. H. Houben herausgegebenen Sammlung
»Gespräche mit Heine«

Die Überschriften der Anekdoten sind
Heines Gedichten entnommen

Das einzige kleine Bübchen

Im Alter von vier Jahren wurde Heine auf eine Mädchenschule, eine Art Kindergarten, geschickt. Lesen und Schreiben konnte er bereits, und das Lernen fiel ihm leicht. Nicht aber das Stillsitzen. Es hagelte Verwarnungen und Strafen, die ergeben hinzunehmen er nicht gewillt war. Einmal goß er der Vorsteherin den Inhalt des Tintenfasses in die Milchkruke, ein andermal füllte er ihre Schnupftabaksdose mit Sand. Die Strafpredigt endete mit der Frage aller hilflosen Erzieher: »Warum hast du das getan?«

Das Kind antwortete freimütig: »Weil ich dich hasse!«

Mein Kind, wir waren Kinder

Es war an einem Sonnabend: Harry und seine Schwester Charlotte standen unter den Schaulustigen, die den Brand eines Hauses beobachteten. Als die Gaffer aufgefordert wurden, sich in die Reihe der Löschmannschaften zu stellen, um die Wassereimer weiterzureichen, entgegnete Harry: »Ich darf's nicht, und ich tu's nicht, denn wir haben heute Schabbes.«

Als ich größer wurde, Kindchen

Wieder war es an einem Sonnabend: Beim Spiel lockte die Kinder ein rebenumranktes Spalier, an dem reife Trauben fast bis zur Erde herabhingen. Der Vorschrift gehorchend, die es verbot, an jüdischen Feiertagen etwas von den Bäumen abzupflücken, widerstanden die Kinder der süßen Verlockung. Nicht aber Harry, der »Rote Harry«, wie er wegen seiner rötlichen Haare genannt wurde. Als er sich mit safttriefendem Mund unter die Spielenden mischte, riefen sie entsetzt: »Roter Harry, was hast du getan?«

»Nichts«, erwiderte er schelmisch, »mit der Hand abreißen darf ich nichts, aber mit dem Mund abzubeißen und zu essen hat uns das Gesetz nicht verwehrt!«

Vorbei sind die Kinderspiele

Heine und seine Schwester Charlotte waren an den Masern erkrankt und mußten das Zimmer hüten. Um die Kinder zu beschäftigen, gab ihnen die Mutter eine Kiste mit bunten Stoffresten. »Wir wollen uns Narrenjacken daraus nähen«, schlug Harry vor und schneiderte sich mit Geschick eine Jacke, die er zum Karneval tragen wollte. Als der Tag heran war, erlaubte man es ihm nicht. Vor lauter Ärger verschenkte er die Jacke an einen Nachbarsjungen.

Viele Jahre später, Charlotte war längst verheiratet und wohnte in Hamburg, begegnete sie einem Matrosen, der sie grüßte und sich als jener beschenkte Nachbarsjunge zu erkennen gab. Er brachte das Gespräch auf diese Jacke, die er all die Jahre aufbewahrt hatte. Allerdings habe er sie vor kurzem »in siebzehn Stücke zerschnitten und unter Freunde verteilt«, denn sie alle wollten »ein Andenken von unserm berühmten Dichter besitzen«.

Im süßen Traum

Es war ein heißer Sommertag. Das Kind saß über den Schularbeiten in seinem Zimmer. Sehnsuchtsvoll blickte der Junge zum Fenster, da kam ihm der Gedanke, auf das Gesims zu klettern und sich in der Sonne auszustrecken. Es dauerte nicht lange, und er schlief ein.

Nachbarn liefen auf der gegenüberliegenden Strassenseite zusammen, man gab der Mutter Bescheid, Federbetten und Kissen wurden unter dem Fenster ausgebreitet, und schließlich betrat die Mutter klopfenden Herzens das Zimmer. Mit festem Arm zog sie das Kind vom Sims – auf der Straße klatschte man Beifall.

Und Harry sagte: »Aber Mutter, warum weckst du mich? Ich träumte, in einem Zauberhaine zu sein, Vöglein sangen liebliche Melodien, und ich dichtete die Worte dazu!«

Wie edel dein Gedankenflug

Die Mutter glaubte bei ihrem Sohn ein Zeichentalent entdeckt zu haben und wollte es fördern. Der bestellte Zeichenlehrer aber schlief zumeist während des Unterrichts, und Harry trieb seinen Schabernack mit ihm.

Einmal zeichnete er einen Eselskopf und heftete das Blatt dem Lehrer an den Rücken. Erst als dem Mann auf dem Nachhauseweg die Kinder auf der Straße hinterherjohlten, bemerkte der, was geschehen war, und kehrte voller Empörung zurück.

Dem Vater erschien die Sache suspekt. Wie sollte sein Sohn dem Lehrer so nahegekommen sein, ohne daß dieser es bemerkt hätte? Harry verfolgte das Gespräch zwischen dem Vater und dem Lehrer und platzte schließlich heraus: »Papa, er schläft während der ganzen Stunde und träumt laut von seinen Schulden.«

Denkt er seiner Jugendtage

Die Eltern hatten einen Violinlehrer engagiert. Als die Mutter an dem Zimmer vorbeikam, in dem der Unterricht erteilt wurde, erschien ihr das Spiel des Sohnes so gekonnt, daß sie die Tür öffnete, um dem Lehrer ihren Dank auszusprechen.

Die Worte erstarben ihr auf den Lippen – es war der Lehrer, der in der Stube auf und ab ging und dem Instrument die Töne entlockte.

Harry lag auf dem Sofa ausgestreckt und hatte das

Kommen der Mutter nicht einmal bemerkt. Er fühlte sich keineswegs ertappt, vielmehr gestört, denn er sei, angeregt durch die Musik, »eben im Begriff, ein schönes Lied zu dichten«.

Ein Jüngling hatte ein Mädchen lieb

Auf dem Lyzeum in Düsseldorf verliebte Heine sich in ein wunderschönes Mädchen, die Tochter eines Oberappellationsgerichtspräsidenten.

Als der hohe Herr gemeinsam mit seiner Tochter verspätet zu einer Schuljahresabschlußfeier erschien, blieb keine andere Wahl, als dem Mädchen einen Platz in der ersten Reihe zuzuweisen.

Heine deklamierte gerade schwungvoll Schillers »Taucher«, als sein Blick auf die Angebetete fiel. Er stockte. Dreimal wiederholte er den Vers »Und der König der lieblichen Tochter winkt«, aber so sehr auch der Klassenlehrer soufflierte, er kam nicht weiter. Die liebliche Gestalt des Mädchens vor Augen, sank er ohnmächtig nieder.

Als ihn in späteren Jahren sein Bruder auf diesen Vorfall ansprach, rief Heine aus: »Wie war ich damals unschuldig!«

Manch Bild vergessener Zeiten

Heines Düsseldorfer Schulfreund Joseph Neunzig war ein begabter Hobbyzeichner und porträtierte seine Freunde auf Elfenbein. Auch Heine zeichnete er. Als er die Miniatur übergab, freute sich Heine und rief übermütig: »So, nun wollen wir das Bild auch in Musik setzen lassen«

Himmel, grau und wochentäglich

Der Oheim Salomon Heine, Bankier und Kaufmann, gründete für seinen Neffen, nachdem der eine kaufmännische Lehre absolviert hatte, 1817 in Hamburg eine eigene Firma. Eines Tages suchte der Kommis eines Kleidergeschäfts die Manufakturwarenfirma »Harry Heine & Co« auf, um einen bestimmten Betrag zu kassieren. Der junge Mann traf den Chef persönlich an, der ihm in bester Laune zwei Louisdors in die Hand drückte. Aber die Hand blieb ausgestreckt, was Heine zu der Frage veranlaßte: »Junger Mann, Sie sind doch Kaufmann?«

»Allerdings.«

»Dann rate ich Ihnen, immer nehmen, nehmen, nehmen.«

»Ich nehme ja, aber ich will noch mehr.«

Doch Heines Barschaft hatte sich mit dieser Gabe erschöpft. Mit den Worten: »Sehr gut, sehr gut! Aus Ihnen kann noch was werden!« drängte er den Gläubiger sanft zur Tür hinaus.

Sitzen sie froh beim Lebensbankett

Bei einem Essen in geselliger Runde äußerte Heine einmal: »Meine Mutter hat schönwissenschaftliche Werke gelesen, und ich bin ein Dichter geworden; meines Onkels Mutter dagegen hat den Räuberhauptmann Cartouche gelesen, und Onkel Salomon ist Bankier geworden.«

Wie standen sie prächtig auf der Mensur

Bonner Studenten feierten 1819 den Jahrestag der Völkerschlacht und verstießen damit gegen das Verbot der Burschenschaften, das seit der Ermordung Kotzebues im März des Jahres galt. Daher wurde ein Akademisches Gericht einberufen, das zwei Professoren und elf Studenten, darunter den studiosus juris Heine, einem Verhör unterzog. Heine gab an, entweder nichts gehört zu haben oder sich nicht erinnern zu können.

Einzig die Frage, wie viele »Lebehochs« gerufen worden seien, beantwortete er: Er glaubte sich an zwei zu erinnern, das eine habe dem verstorbenen Blücher, das andere der deutschen Freiheit gegolten.

Wer sollte dagegen etwas einzuwenden haben?

Mein Freund, ich werde dich nie verkennen

Auf der Bonner Universität traf Heine seinen Freund aus Kindertagen, den angehenden Mediziner Joseph Neunzig, wieder. Der kam darauf zu sprechen, daß er einst beim Spielen Harry mit einem Stein am Kopfe verletzt hatte, und beteuerte, wie leid es ihm noch immer täte. Heine erwiderte ironisch lächelnd: »Wer weiß, wozu es gut war! Hättest du nicht die poetische Ader getroffen und mir einen offenen Kopf verschafft, so wäre ich vielleicht niemals Dichter geworden.«

Und Englein sitzen um mich her,
Die meine Verse loben

Unter dem Namen Freudholf Riesenharf waren in einer Zeitschrift Gedichte erschienen, die Heine seinem Bonner Latein-Nachhilfelehrer und Freund Johann Baptist Rousseau zeigte, wobei er betonte, diese Verse seien keinen Schuß Pulver wert. Rousseau sah das anders und widersprach. Als Heine massiv dagegenhielt, meinte er, jener Riesenharf sei ein großer Dichter, geradezu ein Genie. Da fiel Heine ihm jubelnd um den Hals und verheimlichte die eigene Urheberschaft nicht länger.

Frau Fortuna, ganz umsunst
Tust du spröde!

In Bonn trug Heine gewöhnlich einen Studentenrock aus schwarzem Samt. Als der abgenutzt war, bestellte er sich bei einem Schneider einen neuen, blauen, und versprach seinem Barbier den alten, der stets im Vorzimmer an einem Nagel hing.

Eines Tages brachte der Schneider den neuen Rock und hängte ihn an eben diesen Nagel.

Kurz darauf verrichtete der Barbier sein Werk, und Heine rief dem Weggehenden nach, er könne sich den Rock mitnehmen.

Als ein Freund kam und Heine zum Spaziergang einlud, wollte er seinen neuen blauen Rock ausführen. Da merkte er, was geschehen war, sagte aber nichts weiter als: »Hat der Barbier ein Glück!« und zog den alten an.

Wenn er späterhin über einen Menschen sprach, dem Fortuna zugeneigt schien, pflegte er zu sagen: »Hat das Barbierchen Glück!«

Sie fechten gut, sie trinken gut

Heine hatte Ende 1820 von Bonn nach Göttingen gewechselt, wurde jedoch wegen der Übertretung der Duellgesetze kurz darauf relegiert und setzte schließlich sein Studium in Berlin fort. Doch auch hier wurde er in Streitigkeiten verwickelt, die in einer Duellforderung endeten. Die Sekundanten wurden bestellt, und die Duellanten traten an. Heine war in der Handhabung der Waffe nicht sonderlich geschickt. Doch wußte er es so einzurichten, daß ihm sein Gegner eine kleine, gleichwohl stark blutende Stichverletzung zufügte, was nach den Regeln des Hiebfechtens verboten war. Sofort rief er: »Stich!«, ließ sich fallen und hatte somit gewonnen.

Die Wetterfahnen sind sehr verlegen,
Sie wissen nicht, wohin sich bewegen

Heine legte dem Berliner Publizisten Friedrich Wilhelm Gubitz einige Gedichte zur Veröffentlichung vor. Dessen Kritik, er verwende falsche Reime, wies er zurück mit den Worten, das sei alles dem Volkston gemäß, verschloß sich aber nicht der Meinung, er sei an mancher Stelle »so zügellos mit der Sitte« umgegangen, daß die Zensur nicht alles werde durchgehen lassen. Also überarbeitete er die inkriminierten Stellen und sprach fortan, wenn er aus Rücksicht auf die Zensur änderte, von »gubitzen«.

Meine güldenen Dukaten,
Sagt, wo seid ihr hingeraten?

Gubitz verwendete sich bei dem Berliner Bankier Leonhard Lipke für Heine und wies auf die »andringendste Bedürftigkeit des talentreichen Neffen des geldreichen Oheims« hin. Lipke gab einen Vorschuß. Er war sich sicher, daß sein Hamburger Geschäftsfreund Salomon Heine dafür aufkommen würde.

So geschah es auch. »Der Herr behauptet, es könnte da verfallen ein großes Genie, ich will's glauben«, meinte Salomon Heine. »Zahlen Sie meinem Neffen jetzt zweihundert Taler gleich, dann jährlich fünfhundert Taler auf drei Jahre, und Weiteres mögen wir erleben.« Und für seinen Neffen bestimmt, fügte er hinzu: »Aber zu lernen hat er doch, daß man nützen soll das Geld, jeder nach seinem Beruf.«

Doch will er nicht mehr mit Kritik sich befassen

Die Resonanz auf das Erscheinen seines ersten Gedichtbändchens war nach Heines Geschmack zu gering. »Bei den Deutschen wird man leichter vergessen als berühmt, jetzt zumal: sie haben in der Gefühlswonne so geschwelgt, daß zu ihrer Aufregung derbe Mittel unerläßlich sind, ganz so wie Kirmeslust ihnen erst vollständig ist, wenn man sich zum Kehraus noch mit Schemelbeinen traktierte.«

Ach, anstatt zu disputieren ...

Während seines Berliner Aufenthalts befreundete sich Heine mit Christian Dietrich Grabbe. Die beiden gerieten häufig aneinander und führten temperamentvolle Diskussionen.

Eines Abends, als Grabbe eindeutig den Sieg davongetragen hatte, drohte Heine, er werde sich mit der Feder rächen.

Daraufhin packte der kräftige Grabbe den schmächtigen Heine, drückte ihn an die Wand und zückte ein Messer: »Wenn du es wagst, je ein Wort des Schimpfes über mich drucken zu lassen, so komme ich dir nach, wo du auch seist, und fasse dich, wie ich dich jetzt habe, und schlachte dich ab wie ein Huhn!«

Nachtrag: Nikolaus Lenau erzählte Jahre später die Anekdote und schrieb es dieser Drohung zu, daß Heine, der über alle deutschen Schriftsteller – ausgenommen seinen Freund Karl Immermann – herzog, Grabbe nirgends erwähnte.

Verlaß Berlin, mit seinem dicken Sande

Das geistreiche Berlin traf sich im Salon der Rahel Varnhagen. Humboldt, Schleiermacher, Chamisso, Börne, der Rechtsphilosoph Eduard Gans, Hegel gingen ein und aus. Der noch unbekannte, aber hoffnungsvolle junge Dichter war unter den Gästen gern gesehen, und die Gastgeberin und ihr Gatte, Karl Varnhagen von Ense, erkannten früh, wer da zu ihrem Kreis gestoßen war.

Heine weihte Varnhagen vertrauensvoll in seine Pläne ein: Er wolle in eine diplomatische Anstellung gehen, eine venetianische Tragödie schreiben, plane ein Buch über Goethe und vieles mehr.

Varnhagen, dem jungen Manne zugeneigt, mahnte: »Sie sollen kein Brentano werden, ich leid' es nicht.« Und Rahel schlug in dieselbe Kerbe: »Heine muß ›wesentlich‹ werden, und sollte er Prügel haben.«

Du, du fühlst den Sinn der Lieder,
und sie klingen, teurer Freund

In Berlin traf Heine seinen Göttinger Kommilitonen Hermann Schiff wieder, der heimlich Gedichte schrieb. Heine sagte es ihm ins Gesicht, Schiff zierte sich, gab aber dem Drängen Heines nach und trug ihm seine Verse vor. Heine unterbrach mit Bravo-Rufen, forderte mehr, schlug Verbesserungen vor und beschied den Dichter letztlich mit den Worten: »Gut, sehr gut! Das Beste, was in neuester Zeit geschrieben wurde, mit Ausnahme von dem, was ich geschrieben habe!«

Das ist die Hegelsche Philosophie!
Das ist der Bücher tiefer Sinn!

Heine besuchte eines Abends Hegel, der noch ein Arbeit zu erledigen hatte. Heine sah derweil aus dem Fenster. Eine romantische Stimmung ergriff ihn, so daß er anfing, über den Sternenhimmel, die göttliche Liebe und Allmacht zu phantasieren. Da legte Hegel ihm seine Hand auf die Schulter und sagte: »Die Sterne sind's nicht, doch was der Mensch hineinlegt, das eben ist's.«

Saphire sind die Augen dein

Heine war kurzsichtig und verriet dieses Leiden durch häufiges Blinzeln. Als ein Bekannter ihn einmal fragte, warum er denn keine Brille trage, erwiderte er heftig: »Bah, das sieht so affektiert aus!«

»Wie können Sie das nur sagen«, empörte sich der Mann, »da ich doch gerade eine aufhabe!«

»Ach Gott, das habe ich gar nicht gesehen«, konterte Heine mit einem charmanten Lächeln.

O, habt ihr über Glück und Unglück noch Gewalt

Als Heine 1823 zu einem Ferienaufenthalt bei den Eltern in Lüneburg weilte, nutzte Max, zu dieser Zeit Primaner, die Gelegenheit und trug dem großen Bruder seine eigenen dichterischen Versuche in Gestalt flammender Verse vor. Der hörte geduldig zu und sagte schließlich milde: »Schreibe Prosa, Max, genug Unglück in der Familie an einem Dichter!«

Max Heine, der sich bei seinen schulischen Übersetzungsübungen für den Hexameter begeisterte, schwärmte seinem Bruder von Goethes Römischen Elegien vor und redete ihm zu, ebenfalls in diesem Versmaß zu schreiben. Heine brachte seinem Bruder zu Gefallen einige Distichen zu Papier. »Um Gottes willen, dieser Hexameter hat ja nur fünf Füße«, schulmeisterte der kleine den großen Bruder. Heine zerriß das Papier und meinte: »Schuster, bleib bei deinen Leisten.«

Ein paar Tage später stand Heine frühmorgens am Bett seines Bruders und klagte: »Ach lieber Max, was für eine schauerliche Nacht hab ich gehabt! Gleich nach Mitternacht drückte es mich wie ein Alp ... Der unglückliche Hexameter mit den fünf Füßen kam an mein Bett gehinkt und forderte von mir unter schrecklichsten Drohungen seinen sechsten Fuß. Er berief sich auf sein urklassisches Recht und verließ mich unter schrecklichen Gebärden nur mit der Bedingung, daß ich nie wieder im Leben mich an einem Hexameter vergreifen wolle.«

Ich habe sie immer so liebgehabt,
Die lieben, guten Westfalen

Heine hielt sich erneut in Göttingen auf, um sein Studium zu beenden. Sein Mittagsmahl nahm er zumeist im »Englischen Hof« ein. Es war dort üblich, daß die Fleischplatte an der Tafel herumgereicht wurde. Heine war sehr wählerisch, hielt die Platte lange in den Händen, ehe er sich für ein Stück entschied und es sich auf seinen Teller legte. Ein ungeduldiger und zu derbem Scherz aufgelegter Tischnachbar fuhr ihn an: »Ich will Ihnen zeigen, wie man Rindfleisch spießt!« und stach mit der Gabel in die Hand des Feinschmeckers. Empört forderte Heine ihn zum Duell auf – und ließ sich fortan nicht mehr blicken im »Englischen Hof«.

Sie lachen sich an, sie schütteln das Haupt ...

Heine galt als ein gewitzter, geistreicher und schlagfertiger Gesprächspartner. Doch riefen diese Eigenschaften nicht nur Zustimmung hervor. Eduard Wedekind, ein Freund aus Göttinger Zeiten, meinte: »Eins aber mißfällt mir und anderen, nämlich, daß er seine Witze selbst immer zuerst und am meisten belacht.«

Berlin, Berlin! Du großes Jammertal

Heine plante von Göttingen aus einen Berlin-Besuch; diese Reise war genehmigungspflichtig. Heine mußte zu einem Staatsrat Schultz, um in den Besitz einer Aufenthaltskarte zu gelangen. Da war der junge Dichter, wiewohl immer noch Student, schon längst kein unbeschriebenes Blatt mehr und vermutete wohl zu Recht, daß er sich mit seinen »Briefen aus Berlin« dem Herrn Staatsrat besonders empfohlen habe. Der hielt ihm vor, sich der preußischen Regierung durch seine Ansichten verdächtig gemacht zu haben. Empört wies Heine ihn zurück: »Mein Gott! Ich habe immer dieselben Ansichten wie die Regierung, ich habe gar keine!«

Der Staatsrat setzte den Stempel auf das Papier.

Der eine kann das Unglück nicht,
Der andere nicht das Glück verdauen

Als das Gespräch einmal auf das Thema des Selbstmordes kam und einer der Anwesenden äußerte, es sei ihm unbegreifbar, wie sich jemand das Leben nehmen könne, sagte Heine: »Und ich kann nicht begreifen, wie sich jemand zuweilen nicht das Leben nehmen kann.«

Ein hübsches Mädchen fand ich dort,
Die schenkte mir fröhlich den Punsch ein

Eine Wegstunde von Göttingen entfernt lag das Gasthaus »Landwehr«, in dem die Studenten gerne verkehrten. Das »schöne Schenkmädchen« Lottchen mochte ein zusätzlicher Anziehungspunkt sein. Auch Heine gefiel das Mädchen, und einmal umarmte und küßte er es. Wie es der Anstand gebot, kanzelte Lottchen ihn ab – vor versammelter Studentenschaft –, woraufhin er kleinlaut abzog. Erst nach einer ganzen Weile ließ er sich erneut blicken. Wider Erwarten begrüßte ihn Lottchen freundlich und erklärte: »Mit Ihnen ist's doch etwas ganz anderes als mit den übrigen Herrn Studiosen ... Ich habe Ihre Gedichte gelesen, ach, wie herzlich schön! Und jetzt, Herr Heine, können Sie mich küssen in Gegenwart von allen diesen Herren!«

Wehmütig erinnerte er sich, fast am Ende seines Lebens, daran: »Dieses kleine Honorar hat mir mehr reine Freude verursacht, als späterhin alle blinkenden Goldstücke von Herrn Hoffmann & Campe.«

Und dennoch seufzet sie: Ach!

Eine junge Dame fragte den Dichter kokett: »Sie lieben wohl nur platonisch?«

Heine gab die drastische Antwort: »Jawohl, gnädige Frau. Wie der Kosakenhauptmann Platow!«

Ich bin's gewohnt, den Kopf recht hoch zu tragen

Satire sei ein gefährliches Handwerk, äußerte Heine gegenüber Wedekind.

»Warum? Sie muß nur nicht persönlich sein«, entgegnete der.

»Pah! Alle Satire ist persönlich«, meinte Heine und erklärte dem Freund, warum er bei Horaz »eher guten Humor« sehe und Aristophanes für den »größten Satiriker« halte. Er fügte hinzu: »Ich möchte wünschen, daß die persönliche Satire bei uns wieder in Schwung käme.«

Wedekind wiegelte ab, das gäbe zu viele und zu bittere Federkriege.

Heine schüttelte den Kopf: »Was schadet's? Das Volk soll auch nicht versauern.«

Trägst du nicht Hassans Bart und Hassans Augen?

Ein Düsseldorfer Karrenschieber, der den Koffer des Studenten von der Post nach Hause gebracht hatte, verlangte einen unverschämt hohen Preis. Ruhig zahlte Heine das Geld, dann aber machte er seinem Zorn Luft. Nicht mit Worten! Er zupfte mit aller Kraft an dem großen Bart des Kerls und sagte freundlich: »Ich glaubte, mein Bester, Sie trügen ein falschen Bart.«

Da goß der Freund mir Trost ins Herz

Bruder Max kam auf Besuch nach Göttingen. »Heute sollst du meinen besten Freund kennenlernen«, kündigte Heine an und führte den Bruder zum »Hotel«, in dem Ludwig von Diepenbrock-Grüter residierte. Er wies den ahnungslosen Max auf ein vergittertes Fenster in ziemlicher Höhe hin und rief: »Grüter, Grüter, habe die Ehre, dir nach aller Etikette meinen Bruder Max vorzustellen!« Eine Stimme antwortete von oben herab: »Freue mich, kennenzulernen, bedaure aber, nicht empfangen zu können.« Heine erklärte hierauf dem Bruder: »Im Hotel de Brühbach – so heißt der Karzer in Göttingen – wohnt man allzeit allein und sehr bescheiden.« Dem Freund rief er zu: »Hoffentlich, Grüter, kommst du bald raus und machst meinem Bruder Platz.«

Alles Schöne kommet wieder

Heine hatte sich an Übersetzungen Lord Byrons gemacht. Er fühlte sich dem englischen Poeten wesensverwandt und zudem durch Schlegels Einschätzung, Byron sei unübersetzbar, herausgefordert. Als Byron 1824 starb, meinte er: »Byrons Tod hat mich sehr erschüttert; ich ging mit ihm um wie mit einem Spießgesellen. Shakespeare dagegen kommt mir vor wie ein Staatsminister, der mich, etwa wie einen Hofrat, jede Stunde absetzen könnte.«

Augen gab uns Gott ein Paar,
Daß wir schauen rein und klar

Max Heine las gern die deutschen Dramatiker, und hoch im Kurs standen Ritterspiele. Heine hatte ein Auge auf die Lektüre seines Bruders und sagte eines Tages: »Max, solche Bücher verderben den Geschmack, ich werde dir ein anderes schenken.« Er gab dem Bruder »Goethes Faust. Der Trägödie erster Teil«, versehen mit der Widmung:

»Dieses Buch sei dir empfohlen,
Lese nur, wenn du auch irrst:
Doch wenn du's verstehen wirst,
wird dich auch der Teufel holen.«

Gott gab uns nur einen Mund,
Weil zwei Mäuler ungesund

Als Heine Freunden gegenüber seinen Plan kundtat, einen »Faust« zu schreiben, erhoben sich Stimmen, daß nach Goethes »Faust« ein solches Vorhaben als anmaßend gelten würde. Nein, er wolle nicht mit Goethe rivalisieren, entgegnete Heine, er meine, »jeder Mensch sollte einen Faust schreiben«. Das Argument beseitigte die Zweifel der anderen genauso wenig, wie Heine sich von ihrem Einspruch beeinflussen ließ. Er kürzte das Gespräch ab mit den Worten: »Nun, so wähle ich einen anderen Titel!«

Zu Weimar, dem Musenwitwensitz

Heine hatte dem verehrten Goethe seine »Gedichte« und seine »Tragödien nebst einem lyrischen Intermezzo« gesandt, ohne eine Antwort zu erhalten. Auf seiner Harzreise 1824 besuchte er den Geheimen Rat in Weimar.

»Ich war nahe dran, ihn auf griechisch anzureden; da ich aber merkte, daß er deutsch verstand, so erzählte ich ihm auf deutsch, daß die Pflaumen auf dem Wege zwischen Jena und Weimar sehr gut schmeckten. Ich hatte in so manchen langen Winternächten darüber nachgedacht, wieviel Erhabenes und Tiefsinniges ich dem Goethe sagen würde, wenn ich ihn mal sähe. Und als ich ihn endlich sah, sagte ich ihm, daß die sächsischen Pflaumen sehr gut schmeckten. Und Goethe lächelte.«

Und dann stellte Goethe die Frage: »Womit beschäftigen Sie sich jetzt?«

»Mit einem Faust«, lautete die prompte Antwort.

Der brüskierte Meister, der gerade um der Tragödie Zweiten Teil rang, fragte spitz: »Haben Sie weiter keine Geschäfte in Weimar?«

»Mit meinem Fuße über die Schwelle Ew. Exzellenz sind all meine Geschäfte in Weimar beendet.«

Beendet war damit auch die Audienz beim Dichterfürsten.

Still versteckt der Mond sich draußen
Hinterm grünen Tannenbaum

Nach dem Abdruck der »Harzreise von H. Heine im Herbst 1824« im »Gesellschafter« meldete sich ein Karl Dörne, Handlungsreisender aus Osterode. Er hatte sich wiedererkannt in der Beschreibung eines Schneidergesellen.

Als solcher hatte er sich tatsächlich ausgegeben, als er auf dem Wege nach Klausthal einen Wanderer traf, der sich als Herr Peregrinus vorstellte und vorgab, auf Kosten des türkischen Kaisers zu reisen, um Rekruten anzuwerben. Im Gegenzug tischte der Schneidergeselle eine Geschichte auf, derzufolge der junge Landesherr auf einer Reise ins Gelobte Land von Türken entführt worden sei und ein Lösegeld erpreßt werden solle. Herr Peregrinus wiederum versicherte, er wolle sich beim Sultan in dieser Sache verwenden. Dann verständigten sich die beiden Fabulierer darüber, daß man gottlob dank der deutschen Polizei stundenlang wandern könne, ohne behelligt zu werden. »Wo kämen wir hin, wenn hinter jedem Busch und aus jedem Graben gefährliche Kerle hervorsprängen und sich alles vom erschrockenen Wanderer ausbäten – wie der Bettler in Gellerts Fabel?« sagte der angebliche Schneider.

»Sie haben Gellert gelesen?« erkundigte sich der angebliche türkische Geschäftsreisende, wurde nachdenklich und immer einsilbiger und verabschiedete sich alsbald.

Wir entbehren leicht das Beten,
Doch das Fluchen ist vonnöten

In salbungsvollen Worten des Superintendenten Grimm, der am 28. Juni 1825 Harry Heine auf den Namen Johann Christian Heinrich taufte, war es später in der »Gartenlaube« nachzulesen: In dem der Taufe vorangehenden Gespräch hätten Heines Antworten »von eingehendem Nachdenken über den Inhalt und das Wesen der christlichen Religion« gezeugt, der Glaubenswechsel sei »ihm nicht bloßer Wechsel der äußeren Form, vielmehr als das Resultat einer aus dem Inneren drängenden Notwendigkeit« erschienen.

Der Taufschein sollte sein »Entreebillet zur europäischen Kultur« sein; Heine hatte sich im Interesse seines bürgerlichen Fortkommens entschieden, die evangelische Taufe zu empfangen, und reiste aus diesem Grund mit seinem Bruder Max von Göttingen nach Heiligenstadt, also mitten in katholisches Gebiet, das damals zu Preußen gehörte. Als sie die Grenze passierten, stellte der Grenzposten die obligatorischen Fragen: Wer sie seien, ob sie was Zollbares mitführten?

»Nein, nichts außer Gedanken und Schulden.«

Dann kam die Frage: »Absicht der Reise nach Heiligenstadt?«

»Um katholisch zu werden.«

Der Posten: »Kehren die Herren zurück?«

»Ja, in der Nacht, als Bischöfe.«

Unbequemer neuer Glauben

Als Hermann Schiff – unentschieden, ob der Freund leidend war oder sich leidend gab – ihn einige Zeit nach der Taufe fragte, wie er sich fühle, erwiderte Heine: »Ach, wie soll mir zumute sein! Allen Abtrünnigen soll zumute sein wie mir!«

Zwanzig Jahre später, in Paris, äußerte er zum gleichen Thema: »Wie kann ich aus meiner Haut, die aus Palästina stammt, und welche von den Christen gegerbt wird seit achtzehnhundert Jahren!«

Zu Göttingen blüht die Wissenschaft

Für das Doktorexamen war eine Gebühr zu entrichten, die üblicherweise zur Hälfte bei der Anmeldung, zur Hälfte nach erfolgter Prüfung beim Dekan der Fakultät fällig war.

Dekan in Göttingen war der seinerzeit berühmte Rechtsgelehrte Professor Hugo.

Bei ihm meldete sich Heine zu Examen und Promotion. Er schob die gesamte Summe über den Tisch. Der Professor teilte den Betrag und beförderte die Hälfte mit den Worten zurück: »Erst, mein lieber Herr, müssen wir Sie prüfen!«

Heine schob ihm erneut die Summe zu und meinte: »Prüfet alles und behaltet das Beste.«

Du hast nun Titel, Ämter, Würden, Orden

Viel wert schien Heine nicht auf den Doktortitel zu legen. »Wer mich Doktor juris schimpft, dem mache ich einen Injurienprozeß oder prügele ihn so lange durch, bis er auch den Doktor der Medizin ruft!«

Später meinte er, bis zu seinem Examen habe er jeden Streit gewonnen, als Doktor der Rechte aber alle Prozesse in den Sand gesetzt und viel Betrügerei hinnehmen müssen.

Die Flaschen sind leer, das Frühstück war gut ...

Heine, gerade in den Besitz des Doktorhutes gekommen, lud die Freunde zur Feier – zum Doktorschmaus – in einen Garten und ließ den Kronenwirt eine lange Reihe wohlschmeckender Weine auffahren. Man plauderte und zechte bis nach Mitternacht, dann verabschiedete man den frischgebackenen Doktor, dessen Koffer schon gepackt waren, aufs herzlichste und auf Nimmerwiedersehen. Das Nimmerwiedersehen bezog Heine auch auf den Wirt, dem er die Rechnung schuldig blieb.

Eifrig und geschäftig ist er ...

Julius Campe, der Hamburger Verlagsbuchhändler, stand in seinem Laden, als ein junger Mann eintrat, der Heines Tragödien verlangte.

Campe reichte ihm ein Exemplar, und während der Kunde es durchblätterte, schaffte der Buchhändler eilfertig die Gedichte desselben Verfassers herbei. Doch der Mann wehrte ab: »Die mag ich nicht, ich verachte sie!«

»Wie, Sie verachten sie? Dann haben Sie es mit mir zu tun!«

»Lieber Herr, ich kenne sie besser als Sie, denn ich habe sie geschrieben!«

»Nun, mein Herr Doktor, wenn Sie wieder mal so Wertloses produzieren und keinen bessern Verleger haben, so bringen Sie sie mir, und ich werde mir eine Ehre daraus machen, meine Firma draufzusetzen.«

»Scherzen Sie nicht, ich könnte Sie auf die Probe stellen.«

»Sie würden erfahren, daß ich probehaltig bin.«

Bald darauf erschien der erste Band der »Reisebilder« im Verlag Hoffmann & Campe.

Schöne, wirtschaftliche Dame

Als eine Hamburger Lokalsensation galt die »schöne Marianne«, die eine elegante Gastwirtschaft betrieb. Die bessere Hamburger Gesellschaft verkehrte dort. Ach, was hatte man Heine von der Schönheit der Dame vorgeschwärmt – und ihn schließlich zu einem Besuch ihrer Wirtschaft überredet.

Marianne saß am Büfett, die Bedienung ihrer Gäste überwachend. Heine mußte sich etwas ganz anderes vorgestellt haben. Enttäuscht und mißgestimmt trat er ans Büfett: »Madame, können Sie mir sagen, wo ich die schöne Marianne finde; ich bin eigens gekommen, dieselbe zu sehen!«

Zu Hamburg auf dem Jungfernstieg

Heine saß gern in einer Konditorei am Jungfernstieg: dort durfte nicht geraucht werden – er verabscheute das Rauchen –, dafür galt den angebotenen Süßigkeiten seine Leidenschaft. Er beobachtete die Damen, blickte den Schiffen hinterher, schrieb Gedichte und haßte es, gestört zu werden. Genau das tat ein entfernter Verwandter, indem er ihn mit politischen Schwätzereien belegte. Da wies Heine auf einen Gegenstand in der Elbe: »Was schwimmt dort? Sie haben bessere Augen.« Die prompte Antwort: »Ein Mauerstein.« Lachend stand Heine auf: »Ihre politische Meinung war mir interessant, interessanter aber ist, zu hören, daß Mauersteine schwimmen.«

Wir wollten miteinander dort
In Rheinwein und Austern schlampampen

Heine verbrachte die Abende gern in geselliger Runde im Hamburger Alsterpavillon. Der Dichter war nach einem solchen Abend in sein Logis am Dragonerstall zurückgekehrt, die Freunde, unter ihnen Julius Campe, bummelten noch durch die Straßen. Als sie an einer Jahrmarktsbude vorbeikamen, hatte Campe die Idee, ein Paket Pfeffernüsse zu kaufen und Heine vorbeizubringen, denn im Bekanntenkreis war allgemein bekannt, daß er süße Naschereien liebte. Campe warf eine Nuß ans Fenster, sofort ging das Licht aus, Heine ließ sich nicht blicken. Also schellte Campe an der Tür, gab das Päckchen beim Dienstmädchen ab und wies an, es mit den Worten zu übergeben: »Von Professor Hugo aus Göttingen.«

Als Campe und Heine anderentags zusammentrafen, erkundigte sich Campe, wie die Pfeffernüsse gemundet hatten. Ärgerlich rief Heine: »Sie haben mir die Kuchen geschickt! Ins Kaminfeuer habe ich sie geworfen! Ich dachte, meine Göttinger Feinde, denen ich in der ›Harzreise‹ so übel mitgespielt habe, wollten Rache an mir üben und hätten – wer weiß! – die Pfeffernüsse mit Rattengift gewürzt!«

Wie flösse bald mir zu des Goldes Spende

Onkel Salomon saß beim Morgenkaffee, als sein Neffe ihm eröffnete: »Ich muß das Land meines Ratcliff, ich muß England sehen.«

»So reise«, entgegnete der Onkel.

Auf Heines Einwurf, in England sei sehr teures Leben, erwiderte der Onkel: »Du hast ja unlängst Geld bekommen.«

Das sei für das tägliche Brot, aber »für den Namen, für die Repräsentation« habe er »auf Rothschild einen guten Kreditbrief nötig«. Der Onkel ließ sich nicht lumpen, stellte einen Kreditbrief über die beträchtliche Summe von 400 Pfund Sterling, also rund zehntausend Franken, aus und fügte eine Empfehlung an Baron James von Rothschild hinzu. Doch schärfte er seinem Neffen ein, daß er durchaus mit seiner Barschaft auszukommen habe.

Heine hielt sich noch keine vierundzwanzig Stunden in London auf, als er seinen Kreditbrief präsentierte, das Geld einstrich und sich obendrein von Rothschild zum Dinner einladen ließ.

Zurück in Hamburg, warf ihm der erzürnte Onkel grenzenlose Verschwendung vor und drohte mit ewigem Zerwürfnis. Heine hörte sich alles in größter Ruhe an. Als der Onkel geendigt hatte, sagte er: »Weißt du, Onkel, das Beste an dir ist, daß du meinen Namen trägst«, und ging stolz aus dem Zimmer.

In England sind meine Gedanken

Als ein Freund Heine nach der Rückkehr aus England fragte, welchen Nutzen ihm die Reise für den »Ratcliff« gebracht habe, meinte Heine, das englische Wesen sei ganz so, wie er es geschildert habe. Der verwunderte Freund warf ein, es sei doch etwas anderes, Land und Leute zu erleben oder seine Kenntnisse aus Büchern zu beziehen. Unbeirrt erwiderte Heine: »Sieh, mein Lieber, das ist das Genie; so wie der Mathematiker aus einem Teile des Kreises diesen sofort ganz herstellen kann, kann sich auch der Dichter aus wenigen Zügen sofort das ganze Bild konstruieren.«

Wer nie im Leben töricht war ...

Als sich Hamburger Geschäftsleute über einen jungen Kaufmann unterhielten, der nach vielen erfolglosen Unternehmungen sein Glück nun im Ölhandel versuchen wollte, kommentierte Heine: »Der Ärmste, das ist seine letzte Ölung.«

Und wird uns der ganze Verlag verboten,
So schwindet am Ende von selbst die Zensur

Verleger Julius Campe beklagte sich, daß Heine das Verbot der Reisebilder »unbegreiflich gekitzelt und eitel gemacht« habe. Er befürchtete, »dieser Kitzel wird ihn der Poesie entrücken und der Politik zuführen, wo mehr Ruhm zu erlangen ist, wenigstens mit weniger Mühe«.

Die Konterbande, die mit mir reist,
Die hab ich im Kopfe stecken

Max Heine studierte in Heidelberg, Heinrich besuchte den Bruder und schloß sich einer Gruppe Studenten an, die einen Ausflug auf eine Burg in der Nähe Heilbronns unternahm. Ein Mann trat auf die zechenden Studenten zu und erkundigte sich nach dem Verfasser der »Reisebilder«. Als die Studenten auf Heine wiesen, trat der Mann an ihn heran und fragte, ob er die Ehre habe, den Dichter Heine vor sich zu sehen. Freudig überrascht und auch geschmeichelt, bejahte Heine. Da gab sich der Mann als württembergischer Polizeibeamter in Zivil zu erkennen, erklärte den Verfasser der – verbotenen – Reisebilder für verhaftet und schaffte ihn schnellstens über die Grenze.

Zu Kassel waren zwei Ratten,
Die nichts zu essen hatten

Heine besuchte in Kassel Ludwig Emil Grimm, Bruder der berühmtem Märchensammler und seines Zeichens Maler und Kupferstecher. Er porträtierte den Dichter. Heine schrieb unter das Bild:

»Verdroßnen Sinn im kalten Herzen hegend,
Schau ich verdrießlich in die kalte Welt.«

Wüßte ich den Pinsel kunstgerecht zu führen

Heine verkehrte bei seinem Münchner Aufenthalt häufig in Malerkreisen und führte lose Reden des Inhalts, daß die Dichtkunst der Malerei überlegen sei. Er verstieg sich sogar zu der These, erst das Wort müsse »die Hieroglyphenschrift des Pinsels aller Welt deuten«, um die Intentionen des Malers einem Publikum zu vermitteln. Als ihm jedoch ein begabter Zeichner eine unbarmherzige Karikatur vor die Nase hielt, die er während der Rede von ihm gefertigt hatte, verstummte er.

Ob er an diese Szene dachte, als er an Varnhagen schrieb: »Am liebsten bin ich unter jungen Malern, die besser aussehen als ihre Bilder.«

Die arme Seele spricht zum Leibe

In München traf Heine in einer Gesellschaft auf den Rittmeister Hailbronner, einen riesenhaften, vierschrötigen Kavalleristen. Heine musterte die kolossale Erscheinung, trat auf den Rittmeister zu und sagte: »Liebster Hailbronner, borgen Sie mir Ihren Leib auf vierzehn Tage, und ich bringe ihn so ruiniert wieder zurück, daß Sie selbst ihn nicht mehr kennen sollen.«

Ei, mein Freund, so magst du lachen

Als der Publizist und Theaterkritiker Moritz Gottlieb Saphir bei einer Runde an der Mittagstafel eine seiner gefürchteten spitzen Bemerkungen anbrachte, stichelte Heine: »Saphir, Saphir, wer wird Witze ohne Honorar machen?«

Boshaft gab Saphir zurück: »Besser als Honorar ohne Witz.«

Schlechten Witz riß mancher Wicht

Warum seine Witze so boshaft seien, wurden Heine gefragt.

»Weil ich human bin; andere tragen den Degen bei sich.«

Diese Damen, sie verstehen
Wie man Dichter ehren muß

In München machte die Runde, daß ein genialer Dichter in der Stadt weile. Es sprach sich bis an den bayrischen Königshof herum.

Eine der Prinzessinnen liebte es, berühmte Namen bei sich zu sehen, eine andere sprach den Wunsch aus, den Verfasser des »Buches der Lieder« kennenzulernen; die erste meinte, nachdem sie gerade die Mittagstafel aufgehoben hatte, diesem Wunsche könne Genüge getan werden, denn sie wisse, in welchem Künstlerkreis der Dichter zu finden sei. Sie schickte einen königlichen Kammerdiener mit dem Befehl, den Herrn Heinrich Heine zum Kaffee in das Palais der Prinzessin zu laden.

Der Kammerdiener richtete seinen Auftrag aus und bekam zur Antwort: »Mein lieber Freund, vermelden Sie Ihrer Königlichen Hoheit meinen tiefsten Respekt und sagen Sie gefälligst Hochderselben: daß ich gewohnt bin, da meinen Kaffee zu genießen, wo ich auch zu Mittag gegessen habe.«

Die Mutter liegt mir stets im Sinn

Heine erfuhr auf seiner Italienreise im Dezember 1828 vom Tod seines Vaters. Er kehrte sofort zurück, getrieben von der Vorstellung – wie er seinem Freund August Lewald verriet –, auch die Mutter müsse nun sterben.

Krankes Herz und müde Glieder

Max Heine, inzwischen Mediziner, begleitete Heinrich auf einer Reise von Berlin nach Hamburg. Auf Bitten des Bruders, der einen Schwächeanfall erlitten hatte, rührte Max eine *weißliche* Tinktur an und verabreichte sie dem Patienten.

Trotz seiner Angeschlagenheit scherzte Heine: »Zu dir habe ich volles Vertrauen, ich sehe, du bist kein Brownianer.« (John Brown, Begründer des sogenannten Brownianismus, ein Quacksalber.)

Im wunderschönen Monat Mai

Im Frühjahr 1829 hielt sich Heine in der Nähe von Potsdam auf und arbeitete an den »Reisebildern«. Gelegentlich entfloh er der ländlichen Zurückgezogenheit in Richtung Berlin. Im Gegenzug fand mancher Besucher in seine Idylle, so auch der ehrgeizige, mittelmäßig begabte Schriftsteller Heinrich Stieglitz mit seiner ihm in grenzenloser Bewunderung ergebenen Gattin Charlotte. Im Gespräch klagte Stieglitz, daß es um »tatvolle große Frauencharaktere« in der Gegenwart schlecht bestellt sei, Heine warf scherzend ein, daß wohl der Typ »Berliner Waschweib« die Oberhand gewonnen habe. Für die verstiegene Theorie der Charlotte Stieglitz, die sich später das Leben nahm, um ihrem Gatten ein erschütterndes Ereignis zu verschaffen, das seine Dicherkraft beflügeln sollte, muß das Wasser auf die Mühlen gewesen sein.

Sie saßen und tranken am Teetisch

In Hamburg verscherzte es sich der Dichter mit einer Runde feiner hanseatischer Damen. Sie wollten unterhalten sein, aber Heine saß stumm und gedankenversunken am Tisch.

Der könne kein großer Dichter sein, der bloß vom Wetter mit ihnen spräche und nachher maliziöse Verse auf sie mache.

Und die Moral? Ich glaub, es gibt Fälle,
Wo unvermeidlich sind die Duelle

Den Sommer 1829 verbrachte Heine auf Helgoland. Auf Bitten eines Herrn, der im gleichen Hause wie der Dichter wohnte, hatte Heine ihm seinen Frack geliehen, denn der Herr wollte einer gefeierten Sängerin einen Besuch abstatten. Er muß Eindruck auf die Dame gemacht haben, man kam sich näher. Zuvor allerdings hatte Heine der Dame den Hof gemacht. Als jener Herr nun öffentlich darüber scherzte, daß er sich mit Heine »einen Frack in Kompagnie« hielt, antwortete Heine, er sehe es so, daß der Herr das aufnehme, was er, Heine, ablege. Die Lacher hatte Heine damit auf seiner Seite, allerdings auch eine Duellforderung des Herrn am Halse.

Es haben mich armen Jüngling
Die bösen Gesellen verführet

Zu Heines Freundeskreis in Hamburg gehörten August Lewald, der leicht mißwüchsig war, und die Barone von Maltitz und von Zettritz, beide bucklig.

Als einmal ein Bekannter Heine vor der Zeit aus dem Theater kommen sah, erkundigte er sich nach dem Woher und Wohin. Heine antwortete: »Das Stück heut ist langweilig, da ziehe ich vor, in meine kleine Schweiz zu gehen.«

Solche Bücher läßt du drucken!

Bevor es zum Zerwürfnis und zur handfesten literarischen Fehde zwischen Heinrich Heine und Ludwig Börne kam, sah jeder im anderen zumindest einen Rivalen und sparte nicht mit Sticheleien.

Heine, der häufig die Vormittage bei Julius Campe verbrachte, um die neuesten Journale einzusehen, sagte zu dem Verleger: »Der Börne kostet ihm zuviel!«

»Aber der Börne wird ziehen, wenn Sie längst vergessen sind«, gab Campe spitz zurück.

Heine konterte: »Das ist ein Unglück für ihn und für Sie, daß so lange darauf gewartet werden muß.«

Er frug mich dies, er frug mich das

Salomon Heine wandte sich an einen Herrn Professor, der in der Hamburger Gesellschaft viel galt, mit der Frage: »Sagen Sie mir, Herr Professor, ist wirklich was an meinem Neffen?«

Träumend saß ich auf grüner Aue

Beim Anblick zweier nebeneinanderstehender Windmühlen sagte Heine zu seinem Begleiter: »Sehen Sie, diese armen Geschöpfe, wie sich sehnen und doch nie zusammenkommen können. Hier der Mühlerich, dort die Mühle. Ich werde einen Romanzenzyklus dieser Unglücklichen bekanntmachen.«

Ich bin nicht schlecht, ich bin nicht gut

Heine klagte häufig über Kopfschmerzen. Sein Freund August Lewald bemerkte dazu: »Dieses Kopfnervenleiden ist von vielen in Zweifel gezogen worden; man sagt, er kokettiere damit, und sein ›Ach! Ich bin sehr krank!‹, womit er jedes Gespräch anfängt, habe eigentlich nichts zu bedeuten. Damen wollen sogar behaupten, es geschähe bloß, um dabei mit der Hand an die Stirne zu fahren und so diese feine, weiße Hand bemerken zu lassen, worauf der Dichter sich nicht wenig einbilde. Ich will der letzteren Behauptung nicht geradezu widersprechen ...«

Im Frühjahr des Jahres 1830 suchte Heine erneut die Zurückgezogenheit und mietete sich ein kleines Zimmer in einem Landhaus in Wandsbek. Schon einige Tage nach seiner Ankunft schickte er an seinen Hamburger Bekannten, den Zeichner Johann Peter Lyser, ein Billett und bat um dessen Besuch, denn er langweile sich »wie der Mops der Frau Senatorin, wenn sie zarte Lieder singt«.

Lyser traf den Dichter in seinem kargen, dunklen Zimmer an und verwunderte sich: »Wie können Sie an diesem Frühlingsmorgen in diesem kalten, finstern Loche liegen, noch dazu an dem Ort, wo der gute Claudius seine Frühlingslieder sang?«

Heine erwiderte: »Claudius, wer ist das?«

»Asmus, der Wandsbeker Bote!«

»Kenne ich nicht!«

»Natürlich, Sie kennen ja auch Schillers Gedichte nicht!«

»Gewiß, habe ich nie gelesen!«

Lyser beendete das Geplänkel mit den Worten: »Es ist ja auch nicht soviel dran!«

Als sie bei einem anschließenden Spaziergang auf den Friedhof kamen, auf dem Claudius begraben liegt, blieb Heine stehen, wies auf den Grabstein und zitierte mit ergriffener Stimme den Dichter: »Sie haben / Einen guten Mann begraben, / Und mir war er mehr.«

Betrachten mit blinzelnden Augen
Wie alles romantisch blüht

Als einmal an die reichgedeckte Tafel des Onkels Gäste geladen waren, erkundigte sich eine der Damen, wer denn der Herr mit den blinzelnden Blicken sei.

»Kennen Sie den nicht? Das ist ja meine Neffe Heinrich, der Dichter«, erklärte der Onkel und fügte, hinter vorgehaltener Hand flüsternd, hinzu: »die Canaille.«

Manchem zog ich dort das Fell
Über seine Bärenohren

Heine führte eine scharfe Feder gegen die zeitgenössischen Literaten, und er schreckte vor niemandes Rang und Namen zurück – lediglich sein Freund Karl Immermann schien ausgenommen. Der Schriftsteller Ludolf Wienbarg nutzte die Gelegenheit eines gemeinsamen Spaziergangs und fragte Heine, ob er Immermann wirklich für den großen Dichter halte. Sofort ließ sich Heine über die vorzügliche Natur und die besonderen Eigenschaften des Genannten aus, verstummte jedoch plötzlich und fügte, stehenbleibend, hinzu: »Und dann, was wollen Sie – es ist so schauerlich, ganz allein zu sein.«

Dieser ist ein edler Gegner

Auf Heines Kritik hin, die Gedichte des August von Platen wären klassizistisch-epigonenhaft, ging dieser in seinem Lustspiel »Der romantische Ödipus« zum persönlichen Angriff über. »Und seine Küsse hauchten Knoblauchsduft«, münzte er auf Heine.

Heine hielt sich wieder einmal in Campes Laden auf, als das gerade erschienene Buch eintraf. Der Verleger forderte einen der Anwesenden auf, aus dem Buch zu lesen, und hatte auch prompt Gelegenheit zu beobachten, daß Heine »erst glühendrot und dann totenbleich« wurde. Am nächsten Tag hatte sich Heine wieder gefaßt: »Was wetten Sie, ich ärger den Platen noch tot.«

Und Campe wußte: »Wenn er das gesagt hat, hält er auch Wort, denn er haßt unversöhnlich.«

Dem Dichter war so wohl daheime

Die Bemerkung des Onkels: »Aber ohne Schmeichelei, Henry, der Platen hat dir gut getrefft«, brachte das Faß zum Überlaufen. Heine verschwand erst einmal aus Hamburg und arbeitete im Sommer 1830 auf Helgoland am dritten Band der »Reisebilder« mit seiner bitterbösen Platen-Karikatur in den »Bädern von Lucca«, worin er dessen homoerotische Neigung lächerlich machte. Einem Freund hatte er geschrieben: »Auf diesen groben gräflichen Klotz gehört der gröbste Keil.«

Aufs neue erklingen die Trommeten

Auf Helgoland erfuhr Heine von der Pariser Julirevoution. Seine unproduktive Stimmung wich einer fieberhaften Aufregung. Der Dichter brüskierte die anwesende Gesellschaft, zu der ein Minister und ein General zählten, mit den Worten, seine neulich im Berliner Zeughaus ausgesprochene Ansicht, die Inschrift der preußischen Kanonen »ultima ratio regis« (das letzte Wort des Königs) müsse in »ultimi regis ratio« (das Wort des letzten Königs) umgewandelt werden, verspreche nunmehr in Erfüllung zu gehen.

Schlage die Trommel und fürchte dich nicht

Heine schilderte Ludolf Wienbarg, wie es ihm bei der Lektüre von Mignets »Geschichte der Französischen Revolution« erging: »Ich las noch spät im Bett, nein, ich las nicht mehr, ich sah die Gestalten selbst emporsteigen, die edlen Köpfe der Gironde und das Fallbeil, das sie mit dumpfem Schlag vom Rumpfe trennt, und die heulende Volksmeute, da sah ich nieder, und mein Blick fällt auf die Bettstelle, auf diese abscheuliche rote Bettstelle, und ich komme mir vor, als läge ich selbst schon auf der roten Guillotine, und bin mit einem Satz aus dem Bett und habe seitdem kein Auge zugetan.« Später sagte er: »Bricht nun gar in Deutschland die Revolution aus – sie wird weit schrecklicher und gründlicher sein als die französische – so bin ich nicht der letzte Kopf, der fällt.«

Donnre deinen besten Donner

Heine nutzte bei einem Essen im Hause des Onkels die Gelegenheit und brachte seine Klage vor, daß ihm die Mittel für Reisen fehlten, die für seine Arbeit wichtig seien. Da polterte der Onkel los: »Ei, Heinrich, du brauchst doch nicht zu klagen, wenn dir's an Geld fehlt, gehst du zu einigen guten Freunden ins Haus und drohst, ich mache euch in meinem nächsten Buch so lächerlich, daß kein ordentlicher Mensch mehr mit euch umgehen mag! Oder du blamierst einen Edelmann! Du hast ja Mittel genug in den Händen!«

Scharf erwiderte Heine: »Wenn du an Graf Platen denkst, der hatte mich angegriffen – mit dem Knoblauchessen und den alten Ammenmärchen von den Juden; ich mußte ihn vernichten!«

Zu Hamburg, in der guten Stadt
Wohnt mancher schlechte Geselle

Im September 1830 kam es in Hamburg zu antisemitischen Ausfällen. Auch im Hause des Bankiers Salomon Heine wurden Scheiben eingeschmissen. Zur Herstellung der Ruhe wurden Truppen aufgeboten: das Hamburger Kontingent Hanseaten und die Bürgerwehr. Heine wurde Zeuge, wie die Verpflegung der Truppen auf der Straße ausgegeben wurde, Käse, Brot und anderes. Er meinte bemerkt zu haben, daß die Hanseaten Schweizer Käse, die Bürgerwehr holländischen erhielt.

Die Welt ist dumm, die Welt ist blind

Als Heine eines Tages seinem Verleger auf den Kopf zu sagte: »Campe, jetzt bin ich der erste!«, erwiderte dieser, gelassen eine Prise Tabak nehmend: »Die alten Griechen und Römer verehrten verschiedene Gottheiten. Jeder Gott hatte seinen Tempel und jeder Tempel seine Priester. Diese wußten genau, in welchem Ansehen ihre Götter standen, und hatten dafür den Maßstab der Opfergeschenke in der Hand. Welcher Gott die meisten Opfer und Gaben erhielt, der war pro tempore der angesehenste. Nun, Sie sind der Gott, dieser Buchladen der Tempel, und ich bin Ihr Oberpriester. Ich kann Sie aber versichern, daß es mit den Opfern, die Sie erhalten – ich meine, mit dem Absatze ihrer Werke –, für jetzt noch ziemlich mittelmäßig aussieht.«

Das ist ein schlechtes Wetter ...

Heine nannte Salomon den »goldigen Onkel« und achtete, wenn er ihn aufsuchte, um einige »goldige Früchte« zu pflücken, wohlweislich auf dessen Stimmungen. Den langjährigen Kammerdiener des Onkels fragte er dann: »Was haben wir für Wetter?«

War der Onkel schlechter Stimmung, lautete die Antwort: »Stürmisches Wetter, Herr Doktor, besser, Sie kommen heut abend wieder.«

Und sogar für schnödes Geld
Muß er tanzen

Heines Schwester Charlotte hatte geheiratet, und die Bekannten und Verwandten der Familie Embden wollten nun den Dichter kennenlernen. Heines Mutter lud zu einer Soirée, die Schwester schärfte ihrem Bruder ein, sich ja gut aufzuführen, den Leuten keine Bosheiten an den Kopf zu werfen und keinen Spott mit ihnen zu treiben.

Es erschienen Bankiers, Kaufleute, Gelehrte, alles gutbetuchte Herrschaften, begleitet von ihren brillantengschmückten Frauen. Die Schwester war durchaus der Meinung, daß aus diesem Kreise kaum einer Heine gelesen hatte, denn hier galt für liebenswürdig und gescheit, wer seine Million ins Trockene gebracht hatte.

Heine trat in die Gesellschaft, nahm eine seiner Nichten auf den Schoß, erzählte ihr ein Märchen, herzte das Kind und verschwand.

Als ihn die Schwester und die Mutter am nächsten Tag mit Vorwürfen empfingen, meinte Heine nur: »Schwesterchen, du hast etwas vergessen ...«

»Das wäre?«

»Mir eine Kette um den Hals zu legen und mich so im Zimmer herumzuführen und jedem zu sagen: meine Herren und Damen, schauen Sie ihn sich an, das ist der Dichter Heinrich Heine, der nichts anderes kann und weiß, als dem lieben Gott die Zeit zu stehlen und Verse zu machen.«

Und hast mir Geld geborget ...

Als Heine Hamburg verließ, schrieb er seinem Onkel ins Stammbuch: »Lieber Onkel, leihe mir hunderttausend Taler und vergiß auf ewig Deinen Dich liebenden Neffen.«

Ich hatte einst ein schönes Vaterland

Im Frühling 1831 reiste Heine über Frankfurt nach Paris, und mancher der Freunde rätselte, was wohl den Ausschlag gegeben haben mochte zu seinem Entschluß, Deutschland zu verlassen. »Weil es in Spandau wohl Ketten, aber keine Austern gibt«, meinte Heine lapidar.

Zu Frankfurt kam ich am Schabbes an

Heine hielt sich einige Tage in Frankfurt auf und besuchte den Maler Moritz Oppenheim, der ihm zu Ehre Freunde einlud und echt jüdische Küche bereiten ließ, »Kuchel und Schalet«. Heine ließ es sich munden. Oppenheim bemerkte scherzend, beim Verzehren solcher Gerichte müsse Heine wohl Heimweh empfinden wie ein Schweizer, der in der Fremde den Kuhreigen hört. Heine wich mit der Bemerkung, es komme ihm schwerer, sich einen Zahn ziehen zu lassen, als seine Religion zu wechseln, einem Gespräch über seine Taufe aus.

Mich warf der Sturm an den Seinestrand

Heine hatte nach seiner Ankunft in Paris die ersten Bekanntschaften gemacht, darunter auch einen jungen Mann, der die »Reisebilder« ins Französische übersetzte. Heine freute sich darüber, denn es würde dazu beitragen, ihn in Frankreich bekannt zu machen. Leider aber war der Übersetzer ein Nachtwandler und stürzte einige Wochen später, ehe er seine Aufgabe vollendet hatte, vom Dach zu Tode.

»Ich habe viel Unglück«, beklagte sich Heine.

Die Dämchen sind rosig erhitzet

Eine französische Dame mokierte sich über Heines Helgolandaufenthalt. Was sollte auf einer so weltabgeschiedenen Insel schon los sein? »Gibt es dort irgend etwas Interessantes?« – »O ja, Madame, man zeigt Ihnen das Haus, wo ich gewohnt habe.«

Und sie tauschen süße Reden

Heine war zur Erholung nach Boulogne gereist. Wegen des schlechten Wetters hatte er sich ins Lesezimmer des Hotels zurückgezogen. Einige Engländerinnen taten es ihm gleich, führten jedoch eine lautstarke Konversation. Irgendwann reichte es Heine, er trat in den Kreis der Damen, entschuldigte sich und meinte: »Meine Damen, wenn Sie mein Lesen beim Sprechen stört, kann ich auch woanders hingehen!«

Das Fräulein stand am Meere

Ludwig Börne, der mittlerweile in Paris lebte, hatte mit Heines Besuch gerechnet, doch der ließ auf sich warten. Als er ihn dann aufsuchte, begrüßte er Börne herzlich und entschuldigte sein verspätetes Kommen mit seine Reise nach Boulogne. »Ich war dort krank geworden«, sagte er, und auf Börnes fragenden Blick hin: »Ich hatte mich in eine Engländerin verliebt.«

Sie haben mich um mein Geld gebracht,
Mit Karten und mit Knöcheln ...

Heine beobachtete in einem Spielsalon neugierig das Spiel. Schnell ließ er sich hinreißen, seine Barschaft zu setzen – er verlor. Das ärgerte ihn, mehr aber noch ärgerten ihn die Worte seines Begleiters, der betonte, er habe immer von solchen Versuchungen abgeraten. Schließlich sagte Heine: »Ja, ich habe eingesehen, daß das Spielen ein Laster ist, wenn man verliert.«

Höfliche Männer! Doch verdrossen
Geb ich den art'gen Gruß zurück

Börne und Heine waren gemeinsam zu einem Essen geladen. Beim Betreten der Wohnung sagte Börne zu der Gastgeberin: »Ist der Boden stark genug, um zwei große Männer auf einmal zu tragen?«

Heine verspürte an diesem Tag wenig Bedürfnis, sein Wort an Börne zu richten.

Und der Tanz hat schon begonnen

Auf einem Pariser Ball sah Heine Alfred de Musset in einer Gruppe Tanzender und nahm es zum Anlaß, sich bei seiner Tischdame darüber zu beklagen, daß die Franzosen immer nur für dieselben Namen – von Goethe über Byron bis Victor Hugo – schwärmten, aber die wirklichen Dichter im eigenen Kreise nicht erkennen würden.

Den Frommen schenkts der Herr im Traum

Börne schrieb in einem Brief an eine Bekannte über Heine: »Ich habe erst jetzt bemerkt, was mir bei unsern früheren Zusammentreffen entgangen, daß er ein hübscher Mensch ist und eins von den Gesichtern hat, wie sie Weibern gefallen.«

Gottlob! durch meine Fenster bricht
Französisch heitres Tageslicht

Heine war fasziniert vom Pariser Leben, vom Treiben auf den Boulevards – und von den Französinnen. Seinem Freund August Lewald, der ebenfalls nach Paris gereist war, gestand er, daß ihm die Französinnen anfangs zu klein erschienen. »Wenn man die langen deutschen Glieder gewöhnt ist, so ist es schwer, sich hier einzurichten.«

Wie geht's daheim den lieben Meinen,
Ist schon befreit das Vaterland?

Börne glaubte in Heine einen Verbündeten im Kampf gegen Adel und Bourgeoisie. Heines Distanziertheit den Tageskämpfen gegenüber brüskierte ihn. Auch verstand er nicht, warum Heine sich vorm Volk fürchtete, denn, so Börne: »Wir müssen unsern künftigen Herren dienen.«

Es sei der Pöbel, den er fürchte, erwiderte Heine und nannte Börne einen »Hoflakaien des Volkes«.

Weil ich so ganz vorzüglich blitze,
Glaubt ihr, daß ich nicht donnern könnt!

Als man Heine fragte, worin er sich denn nun von Börne unterscheide, meinte er: »Ich bin eine gewöhnliche Guillotine, Börne ist eine Dampfguillotine.«

Beifällig horchen sie dir zwar ...

Eine Journalist, der Heine zu seiner Vergangenheit in Deutschland befragte, wollte sich mit dessen ironischen Antworten nicht zufriedengeben. Er möge doch bei der Wahrheit bleiben.

»Wahr ist alles an dem Tag, da es gedruckt wird«, klärte Heine den Mann auf.

Die Schulter wie weiß, die Brüstchen wie nett ...

Börne hatte viel an Heine auszusetzen, hielt ihn für eitel, liederlich, herzlos, käuflich.

Heine habe gesagt, wenn ihn der König von Preußen bezahlte, würde er auch Gedichte für ihn machen; und Metternich könne ihn auf *eine* Art kaufen: wenn er ihm alle Mädchen von Paris gäbe (Heine soll – laut Börne – einen derberen Ausdruck als »Mädchen« verwandt haben).

Börne hielt voller moralischer Entrüstung fest: »Gemeine Sinnlichkeit trifft man häufig, aber doch selten wird ein junger Mensch von seinen gemeinen Ausschweifungen – als von etwas Schönem – öffentlich sprechen.« Und er machte Heine Vorhaltungen, daß er den Straßendirnen hinterlaufe.

Als nach einem gemeinsamen Abendessen Heine zu Börne sagte, er ginge jetzt in die Passage des Panoramas, eine Amüsiermeile, entrüstete sich Börne, was er denn dort wolle.

»Nun«, erwiderte Heine, »ich will sehen, ob eines von den Mädchen ein neues Kleid anhat!«

Im süßen Lied ist oft ein saurer Reim

Heine rezitierte gern vor anderen Gedichte, die er gerade verfaßt hatte, verhaspelte sich aber hin und wieder. »Glauben Sie nicht«, sagte er einmal zu seinem Gegenüber, »daß mich das Gedächtnis im Stich läßt, ich wähle zwischen so vielen verschiedenen Wendungen, daß ich im gegebenen Augenblick leicht vergesse, welche ich festgehalten habe.«

Sein Lied ist stark als wie der Tod

Der Komponist Friedrich Hiller traf bei einem Besuch den Dichter am Schreibtisch arbeitend an. Das war ihm eine willkommene Gelegenheit, eine Frage zu prüfen, die er und seine Bekannten sich schon oft gestellt hatten, nämlich ob Heine beim Schreiben genauso flink, geistreich und spontan wäre wie im Gespräch. Verstohlen warf er einen Blick auf den auf dem Schreibtisch liegenden Bogen und fand kaum eine Zeile, die nicht durchgestrichen und durch eine darunter- oder darübergeschriebene ersetzt war.

Heine durchschaute den Besucher. »Was denken Sie! Ich arbeite wie der Goldschmied, wenn er eine Kette anfertigt – ein Ringelchen nach dem andern, eines in das andere!«

Du fragst mich, wie es uns hier ergeht?
Hier ist es still, kein Windchen weht

1832 tobte die Cholera in Paris. Wer konnte, verließ die Stadt. Heine, wiewohl anfällig und reizbar für jede Art Krankheit, blieb nicht nur, er pflegte seinen Vetter Karl, einen Sohn des Onkels Salomon. August Lewald gestand er, er wolle dem Oheim diesen Sohn erhalten, da der schon mehrere Kinder zu beweinen hätte.

In einem Brief an Varnhagen gab Heine für sein Ausharren in der Stadt eine ganz andere Erklärung: »Es war nicht eigentlicher Mut, daß ich nicht ebenfalls von Paris entfloh ... ehrlich gesagt, ich war zu faul.«

Gestern noch ein Held gewesen,
Ist man heute schon ein Schurke

August Wilhelm Schlegel, bei dem Heine während seiner Studienzeit in Bonn Literaturvorlesungen besucht hatte, erhielt 1832 in Paris den Orden der Ehrenlegion. Heine schrieb, ohne Korrespondenzzeichen, einen Artikel in der »Allgemeinen Zeitung« und machte sich über die Ordenssucht des Romantikers lustig. Hätte er Polizei gehabt, meinte Heine, würde er ihn auf diese Weise in Ehren nach Deutschland transportiert haben. In Ermangelung derselben hab er den altjugendlichen Herrn mit der Feder annullieren müssen.

Im Hirn spukt mir ein Märchen wunderfein

1833 traf Heine mit dem Märchenerzähler Hans Christian Andersen zusammen. Der Däne sprach deutsch mit ihm, hatte aber einige Schwierigkeiten, so daß er nach einer Weile vorschlug, ins Französische zu wechseln. Aber auch hier kam Andersen nur holperig und stockend voran. Mit größter Liebenswürdigkeit fragte Heine: »In welcher Sprache wünschen Sie, daß wir uns ferner unterhalten?«

Andersen war tief gekränkt.

Wenn du eine Rose schaust …

Ab Oktober 1834 saß Heine, wie er an Lewald schrieb, »bis an den Hals in einer Liebesgeschichte«.

Als der Freund 1836 auf Besuch nach Paris kam, stellte Heine ihm seine Liebe als »Madame Heine« vor und sang ihr Loblied mit den Worten: »Es ist als ein Hauptvorzug an Mathilden zu rühmen, daß sie von der deutschen Literatur nicht das geringste weiß und von mir und meinen Freunden und meinen Feinden kein Wort gelesen hat.«

Rede gut von einem Fürsten
Und nicht schlecht von einer Frau

Heine besuchte gemeinsam mit Lewald die Schriftstellerin George Sand und klärte ihn auf, daß sie von ihrem Gatten getrennt und von ihren eigenen Einkünften lebe.

»Macht sie ein Haus?« fragte Lewald.

Lachend erwiderte Heine: »Ein Zimmer macht sie, um ein Haus zu machen, langen ihre Einkünfte nicht zu.«

Deutscher Sänger, sing und preise

Als Lewald die Heimreise antrat, gab Heine ihm gutgelaunt und scherzend die Worte mit auf den Weg: »Sagen Sie denen in Deutschland, die mich einen Zerrissenen nennen, daß ich vielleicht der Ganzeste bin.«

Nun werfen sie lachend sich aufs Bett

Auch der Dramatiker Franz Grillparzer lernte Mathilde kennen, als er Heine aufsuchte, und hielt seine Eindrücke fest: »Er zeigte große Freude, als ich mich nannte, und führte mich in seine tolle Wirtschaft hinein. Tolle Wirtschaft. Denn er wohnt da in ein paar der kleinstmöglichen Stuben mit ein oder zwei Grisetten, denn zwei waren eben da, die in den Betten herumstörten, und von denen er mir eine, eben nicht zu hübsche, als seine petite bezeichnete.«

O Gräfin Gudel von Gudelfeld,
Dir huldigt die Menschheit, denn du hast Geld!

Baron Rothschild gab seinen Tischgesellschaften gern eine besondere Note, indem er berühmte Persönlichkeiten einlud; Heinrich Heine war ein gerngesehener Gast im neuerbauten Palais des Bankiers, dem »Versailles der absoluten Geldherrschaft«.

Rothschild glaubte Esprit zu zeigen, wenn er seine Besucher scheinheilig fragte, wie ihnen seine »Hütte« gefiele: »Comment trouvez-vous mon chenil?«

»Wissen Sie, daß chenil auch Hundehütte heißt?« flüsterte Heine ihm zu.

»Nun, was ist?«

»Und daß Sie der Bewohner dieses chenil sind? Wenn Sie so schlecht von sich denken, verschweigen Sie es wenigstens.«

Und ich muß gestehn, es wurde
Mir im Himmel unbehaglich

»Herr Doktor Heine«, richtete Rothschild einmal bei Tisch sein Wort an den Gast, »Sie sind doch ein Gelehrter. Sagen Sie mir, warum dieser Wein Lacrimae Christi heißt.«

»Übersetzen Sie es nur«, antwortete Heine.

»Ja, eben, Christi Tränen ...?«

»Christus weint, wenn Reiche solchen Wein trinken, während so viele arme Menschen Hunger und Durst leiden.«

Hat man viel, so wird man bald
Noch viel mehr dazu bekommen ...

Das Gespräch kam auf das in Paris so schmutzige und trübe Wasser der Seine. Rothschild führte aus, er habe den Fluß an seiner Quelle gesehn, dort sei das Wasser kristallklar und rein ...

»Ihr Herr Vater soll auch ein rechtschaffener Mann gewesen sein!« fuhr Heine ihm in die Rede. Die Anwesenden schauten betroffen, der Baron verstand nichts.

Bang hat der Pfaff sich in der Kirch verkrochen

Als man Heine nach dem Grund für seinen Übergang zum Protestantismus fragte, sagte er: »Was wollen Sie? Ich fand es unerträglich, dieselbe Religion zu haben wie Rothschild, ohne ebenso reich zu sein wie er. Um dies zu werden, hätte ich ebenso arm an Geist sein müssen, und das war mir nicht möglich.«

Wohl seh ich Spott, der deinen Mund umschwebt

Moritz Gottlieb Saphir, der selber eine scharfe satirische Feder führte, meinte Heine darauf hinweisen zu müssen, daß er seine Freunde von seinem Spott besser ausnehmen sollte. Heine entgegnete: »Über wen sonst soll man denn Witze machen, wenn nicht über seine Freunde? Die Feinde nehmen einem ja gleich alles übel.«

Des Weibes Leib ist ein Gedicht ...

Als ein Besucher dem Dichter erklärte, welchen besonderen und vorzüglichen Stil er schreibe, und ihm in gestelzten Worten vor Augen führte, wie er dies und das mache und welche Dichter es vor ihm so ähnlich gemacht hätten und woher er dies und das genommen habe, bestätigte Heine ihm charamant, wie recht er doch mit allem habe und es ihm glauben möge, was dieser Stil ihm für Mühe bereite und für Arbeit mache ... »Du kannst es bezeugen«, wandte er sich an Mathilde, »wie oft ich mich dabei in deinen Locken verwickelt habe!«

Das macht den Menschen glücklich ...

Heine weilte in der Sommerfrische, saß zu Tische und gab sich ganz dem Genuß eines Aalgerichtes hin. Gutgelaunt beendete er seine Mahlzeit und blickte glücklich und zufrieden in die Runde. Ein Engländer hatte ihn beobachtet und richtete die Frage an ihn: »Was macht Sie so heiter?«

»Wieso nicht?« antwortete Heine, »war jemals ein Mensch unglücklich, während er gut aß?«

Und alles dreht sich hier im Kreise

Der Dramatiker Michael Beer, ein Bruder des Komponisten Meyerbeer, wurde von Heine gelobt und gefrozzelt. Solange Beer lebe, meinte Heine, werde er unsterblich sein.

Als ein Freund sich über eines von Beers schlechten Stücken ausließ, sagte Heine: »Nicht wahr, *den* Mann darf ich ohne Scheu loben. Es ist keine Gefahr, daß mir's einer glaubt.«

Dem finanziell gutgestellten Beer ins Gesicht sagte er: »Warum schreiben Sie, Sie haben es ja nicht nötig?«, und hinter seinem Rücken: »Wenn ich einmal der Familie Beer meine Rechnung mache für all die Witze, die sie mich schon gekostet haben, oder wenn ich mich einmal mit den Beers entzweie, werde ich ein reicher Mann.«

Der edle Tannhäuser, ein Ritter gut

Ludwig Bechstein wurde bei einem Parisaufenthalt Heine vorgestellt. Bechstein fragte, ob Heine nicht wieder nach Deutschland zurückwolle. Heine lächelte und meinte: »Sicherlich, ich bin der Tannhäuser, der im Venusberg gefangen sitzt; die Zauberei gibt mich nicht los.«

Ein Fluch dem falschen Vaterlande

Oft wurde dem Dichter die Frage gestellt, ob er denn nicht nach Deutschland kommen wolle. Einmal antwortete Heine: »Recht gern, wenn mir zuvor sämtliche deutsche Festungen ausgeliefert werden.«

Der Nachtwind pfeift die Melodei

»Lieber Kollege, Sie kommen gerade zur rechten Zeit«, empfing Heine den Schriftsteller Philarète Chasles.

»Wieso?«

»Weil ich eine Minute später eine Seite Nodier gelesen hätte, um einzuschlafen.«

Nur der Verstand, so kalt und trocken,
Herrscht in dem witzigen Paris

Ein Bekannter bat Heine, ihn dem Baron Rothschild vorzustellen. Heine wehrte ab. »Bah, Sie wünschen bloß deswegen ihn kennenzulernen, weil Sie ihn nicht kennen.«

Beeren-Meyer, Meyerbeer!

Als in der Pariser Oper Giacomo Meyerbeers »Hugenotten« aufgeführt wurden, berichtete Heine in der »Augsburger Allgemeinen Zeitung« lobend darüber.

Ein befreundeter Journalist wollte ihn überreden, noch einmal die Oper zu besuchen. Heine zeigte wenig Begeisterung. »Wissen Sie, wir werden heute von sieben Uhr abends bis ein Uhr morgens viel Vergnügen auszustehen haben.«

Dieses Urteil erstaunte den Mann. »Das sagen Sie, obwohl Sie jüngst die prächtige Kritik über ›Die Hugenotten‹ geschrieben haben?!«

»Ach, es ist leicht, eine gute Kritik zu schreiben, wenn man die Oper noch nicht gehört hat.«

Vergebens wirst du den Parnaß beackern

Heine ließ das Bonmot fallen, man müsse sehr viel Baumwolle zwischen Börne und ihn legen, wenn sie denn einmal zusammen verpackt würden.

Heine gehörte zu dem Künstlerkreis, mit dem die schöne Prinzessin Belgiojoso sich gern umgab. Hier traf er auf den jungen italienischen Komponisten Vincenzo Bellini, ein »furchtsamer Maestro«, der zutiefst abergläubisch war. Heine lästerte, der Komponist solle rasch leben, sein großes Talent verdamme ihn dazu, jung zu sterben, wie Raffael, Mozart, Jesus ...

Schutzsuchend wandte sich Bellini an die Prinzessin, sie möge solch gotteslästerliches Reden über den Tod unterbinden. Heine setzte seinen Angriff mit den Worten fort: »Ich kenne keine einzige Note von den Werken Ihres Landsmannes; Sie sehen also wohl, daß meine Drohung ganz unschuldig ist.«

Und an Bellini gewandt: »Hoffen wir, mein lieber Freund, daß Ihr Ruf übertrieben ist. Ihr Engelsgesicht beruhigt mich über Ihre Zukunft.«

Kurze Zeit nach diesem Geplänkel starb Bellini an der Cholera. Als in Gegenwart der Prinzessin der Name Heine fiel, rief sie aus: »Pfui, sprechen Sie mir nicht von diesem Mörder!«

O Deutschland, meine ferne Liebe

Eduard Beurmann, Journalist und Geheimagent, machte in dem Leseinstitut des Palais Royal die Beobachtung, daß man sicher sein könne, wenn ein Herr »mit langem Überrock, nachlässig gebundener Krawatte, listigen, aber ziemlich gutmütigen Augen« hastig eintrete, von einem Zimmer ins andere eile und soviel deutsche Zeitungen wie möglich auf diesen Hin- und Herzügen zusammenraffe, die Pariser Privatkorrespondenzen durchfliege und, nachdem alles durchsucht und durchlesen sei, die Gesichter fixiere, ob vielleicht ein bekanntes deutsches darunter sei ... dann könne man eins gegen hundert wetten, daß es sich um Heinrich Heine handele. »Kein anderer Deutscher bekümmert sich wie er um die deutschen Journale ...«

Der Knecht singt gern ein Freiheitslied
Des Abends in der Schenke

Heine versöhnte sich mit einem seiner Gegner mit der Begründung: »Ich will nicht, daß er überall erzählt, er sei mein Feind; das gibt ihm einen Titel, einen Relief; denn wenn er nicht mein Feind ist, so ist er nicht.«

Wer auf der Straße räsoniert,
Wird unverzüglich füsiliert

»Er lebt in der Tat sehr dürftig und beschränkt mit einer Grisette«, stand in einem Geheimbericht an die österreichische Regierung. Manchmal drangen auch Gerüchte über den beachtlichen Lebensstandard des Dichters nach Deutschland, zum Teil sogar von Freunden gestreut in der Absicht, das Ansehen des Dichters zu heben. Heine lebte aber stets in kleinen, wenig komfortablen Wohnungen, und das auch noch in nicht gerade angesehenen oder sogar gefährlichen Wohngegenden. Er vermeide auf diese Art, daß Besucher zu ihm kämen, behaupteten böse Zungen. Insbesondere Kontakten zu deutschen Patrioten ging er aus dem Weg. Er selber betonte, daß er sich, umgeben von österreichischen, preußischen und französischen Spionen, wie es stets der Fall sei, nirgendwo fürchten müsse.

Fatal ist mir das Lumpenpack

Aus einem Geheimbericht: »Heine und Börne sprechen sich nie, sehen sich nie, grüßen sich nie; es ist also Unsinn, zu behaupten, sie arbeiten zusammen.«

Wir überschätzen die Christen zu sehr,
Ihr Wert hat abgenommen

Heine sollte eine Protestation gegen den Papst unterschreiben, achtundvierzig Handwerker und Börne hätten bereits unterzeichnet ... »Ach«, wehrte er ab, »es liegt mir fern, nun auch noch diesen guten Mann zu beunruhigen. Was geht mich der Papst an!«

Es trennen sich höflich die beiden.
Sie kennen sich leider viel zu gut,
Suchen sich jetzt zu vermeiden

»Was habe ich mit Börne zu schaffen?« warf Heine ein, als beider Namen in einem Atemzug genannt wurden. »Ich bin ein Dichter!«

Zwei Ochsen disputierten sich
Auf einem Hofe fürchterlich

Wieder war eine Duellforderung an Heine ergangen. Als er auf dem Weg zum Kampfplatz war, regnete es, und der Boden war aufgeweicht. Scherzend bemerkte er zu seinem Sekundanten: »Der Pfad der Ehre ist sehr schmutzig.«

Es blasen die blauen Husaren
Und reiten zum Tor hinaus

Major von Hailbronner, der Goliath, mit dem er bereits in München seine Scherze getrieben hatte, war zudem ein Salonlöwe und Herzensbrecher. »Hailbronner, tun Sie mir einen Gefallen«, kam Heine eines Tages auf ihn zu. »Duellieren Sie sich mit mir – schießen wir uns im Bois de Boulogne!«

»Aber ich bitte Sie, Ihr Maul ist böse genug, aber mich haben Sie noch nicht genug gekränkt. Warum also sollten wir uns duellieren?«

»Ich meine ja auch nur zum Schein. Es würde mir ein ganz fabelhaftes Prestige geben!«

Und willst du mich morgen verlassen,
So bist du doch heute noch mein

Heine war eifersüchtig, mochte Mathilde ihm Anlaß geben oder nicht. Als sie einmal in Gesellschaft von einem Spaziergang heimkehrten, ergatterte ein junger Mann, der zu Besuch weilte, beim Treppensteigen einen Blick auf Mathildes Beine. In der Wohnung angelangt, sagte Heine: »Der Knabe fängt an, mir fürchterlich zu werden.«

Du bist wie eine Blume

Auf einem Spaziergang mit Freunden reichte einer der Männer Mathilde den Arm und schlenderte mit ihr der Gesellschaft mal voraus, mal hinterdrein. Heine, im Gespräch mit einem Bekannten, hielt besorgt Ausschau, fragte immer wieder, wo denn Mathilde sei, bis sein Gesprächspartner meinte, am hellerlichten Tag auf der Straße sei doch eine solche Eifersucht nicht angebracht.

»Lieber Freund«, entgegnete Heine erregt, »Mathilde ist eine Pariserin; jede Pariserin ist in fünf Minuten verführt.«

Viele Weiber, viele Flöhe

Als Freunde ihm Vorhaltungen machten, daß er zwar eifersüchtig, aber selber keineswegs treu sei, wehrte Heine ab. Er sei so zerstreut, daß er Mathilde gelegentlich mit einer anderen verwechsle. Das wäre lediglich Gedankenlosigkeit, die leider hinterher um so mehr Kopfzerbrechen bereite.

Wie nähm die Armut bald bei mir ein Ende

Heine hatte Schulden, zudem machten sich 1837 erste Anzeichen seiner späteren Erkrankung bemerkbar. Er verkaufte an Campe für wenig Geld die Verlagsrechte auf zehn Jahre; der Verleger rechtfertigte die Summe mit dem Verbot seiner Schriften in Preußen. Einen Monat vor einer beabsichtigten Parisreise seines Onkels raffte Heine sich auf, einen unterwürfigen Brief nach Hamburg zu schreiben. Bruder Max war sein Fürsprech, der Onkel jedenfalls setzte seinem ungeratenen Neffen ein Jahresgeld von 4000 Franken aus.

Das ist auf Erden des Schönen Los

Als der Onkel im September 1838 zu Besuch kam, erkundigte er sich, seinen Neffen umarmend, jovial: »Na, mein Lieber, tust du noch immer nichts in Paris?«

»Pardon, lieber Onkel, ich schreibe Bücher.«

»Na also, sag ich doch: du tust noch immer nichts.«

Wie heiter im Tuilerienschloß
Blinken die Spiegelfenster

Einmal reiste ein Verwandter an, dessem politischen Geschwätz Heine aus dem Weg gehen wollte. Also erkundigte er sich, welche touristischen Attraktionen der Mann während der vier Tage, die er nun bereits in Paris weile, besucht habe. Der zählte auf: diverse Galerien, Versailles, den Louvre, Cluny und vieles mehr. Er hatte alles gesehen, er wußte alles.

»Und Mabille?« fragte Heine.

»Ja, ja, da war ich zuallererst und habe mich dort göttlich amüsiert?«

»Und Père Lachaise?«

»Ja, ja, wie sollte ich nicht! Und wie ein Besessener habe ich dort getanzt!«

Das Kätzchen ist tot, die Mäuschen sind froh

In einem Journal war eine Todesanzeige für Professor Schottky erschienen, der ein umtriebiger Schreiber war. Karl Gutzkow war der Urheber der Anzeige, nur: Schottky war gar nicht tot. Er tanzte nach wie vor auf allen Hochzeiten und meldete nun, im Frühjahr 1838, brieflich seinen Besuch bei Heine an. Heine antwortete kurz: Er begreife nicht, was er als toter Mann bei ihm wolle, die Lebendigen machten ihm schon genug zu schaffen. Zwar sei ihn des Professors Tod schwer angekommen, aber er habe sich inzwischen darüber getröstet.

Wo gar der Hunde Bellen mir bekannt

In einem Lesekabinett fühlte Heine sich durch einen hustenden Besucher gestört. »Pst«, warf er ihm zu, auch ein zweites oder drittes Mal. Der arme Kranke wandte sich ärgerlich an den Rufer. »Soll dieses Pst mir gelten, mein Herr?«

Heine legte die Zeitung zur Seite, setzte eine überraschte Miene auf und meinte: »Aber mein Herr, ich dachte, das wäre ein Hund!«

Nach Frankreich zogen zwei Grenadier'

Heine saß in einem Café und verließ kurzzeitig seinen Tisch, um eine Zeitung zu holen. Als er zurückkam, war sein Stuhl besetzt, zwei alte Generäle hatten sich am Tisch niedergelassen. Heine forderte seinen Platz zurück, ein heftiger Wortwechsel folgte, und einer der Alten beschimpfte Heine als Dummkopf. »Was? Ich ein Dummkopf?!« schrie Heine. »Wissen Sie, zu wem Sie das sagen?«

Ein Bekannter, der zufällig anwesend war, eilte herbei und versuchte Heine zu beschwichtigen, was gar nicht so einfach war. Erst der Hinweis, daß gewiß keiner der beiden Zausel Heines unsterbliches Gedicht von den beiden Grenadieren gelesen habe, ließ den Dichter seinen Zorn vergessen.

Ich lache ob den abgeschmackten Laffen

Heine besuchte mit Mathilde ein Restaurant. Studenten am Nebentisch führten kokette Reden über die Schöne und wurden anzüglich. Heine sprang auf, ohrfeigte einen der Herrn, und handelte sich eine Forderung zum Duell ein. Man einigte sich auf Pistolen. Auf dem Duellplatz nahm der Gegner Heines Entschuldigung an, man trennte sich friedlich. Als eine französische Zeitung schrieb, Heine habe, nachdem er verfehlt worden sei, großmütig in die Luft geschossen, griff eine deutsche Zeitung die Sache auf und erklärte, der eitle Heine habe diesen Bericht lanciert.

Von Heldenmut beseelet

Der Schriftsteller Ludwig Wihl lernte sowohl Heine als auch Börne kennen; nach Börnes Tod schrieb er: »Heine ist nichts weniger als zum Volkstribun geschaffen. Sich selber unterordnen, wo es not tut, sich mit jedermann zu nivellieren, den Meister Handschuhmacher als solchen ebenso zu respektieren wie Horace Vernet, ist Heine unmöglich, ist zuletzt überhaupt jeder dichterischen Begabung widerstrebend. Börne donnerte gegen Heines ›Französische Zustände‹, gegen Heines philosophisch-theologischen Salon wegen des Spielens mit Fragen, für die er selber sein Leben hindurch – ein Märtyrer – sein Herzblut verspritzte. Der Kampf zwischen beiden Planeten ... konnte erst im Père Lachaise erlöschen.«

Wir haben nach ihrem Befinden
Besorglich und freundlich gefragt

Der Übersetzer und Schriftsteller Alexander Weill traf 1839 in Paris ein und suchte Heine auf. Mathilde, die ihn in die Wohnung einließ, war Besuchern aus Deutschland gegenüber reserviert. »Henri, wieder ein junger Mann aus Deutschland, der dich sprechen will. Soll er kommen?«

Weill, jüdischer Herkunft, sprach Heine mit einem Satz aus dem Talmud an: »Ib'n Esra ...« (»Ich betrat dein Haus, fand die Tür offen, und dein Weib erboste sich, kaum daß sie mich sah ...«)

Als Heine aus vollem Hals lachte, wußte Weill zumindest, daß Heine sein Hebräisch nicht vergessen hatte. Die Anspielung auf das erboste Weib ignorierte Heine.

Und Kuchen eß ich und Konfekt
Für manchen lieben Gulden

Gleich bei seinem ersten Besuch lud Heine Weill zum Frühstück; ihm gefiel der junge Mann, und er machte auch kein Hehl daraus, daß der ihm als Korrespondent einiger deutscher Blätter nützlich sein konnte. Eine Warnung sprach er gleich aus: Nie möge der andere auf die Idee kommen, sich Geld bei ihm zu borgen. »Zum einen, ich habe keins, ich habe Schulden, die zum Himmel schreien; zum anderen, ich möchte Sie als Freund nicht verlieren.«

Dein Angesicht, so lieb und schön

Heine wollte von Weill wissen, wie er Mathilde fand. Der hatte Szenen heftiger Gefühlsausbrüche und raschen Stimmungswechsels miterlebt und glaubte durchaus, sie würde beim Tode ihres Papageis so sehr weinen wie beim Tode ihrer Mutter. »Äußerlich gleicht sie Mariua Stuart, hoffentlich nicht auch in ihren verbrecherischen Neigungen«, antwortete Weill.

Heine widersprach: »Sie gleicht niemandem, ist nur sie selbst, und deshalb liebe ich sie so sehr.«

Goldne Wünsche! Seifenblasen!

Heine hatte eine Menge Geld ausgegeben, um Mathilde Lesen und Schreiben beibringen zu lassen, aber damit, daß sie sich zu einem Examen anmelden wollte, hatte er nicht gerechnet. Er setzte ihr auseinander, daß zu diesem Examen auch Philosophie gehöre.

»Was ist denn Philosophie?« wollte sie wissen.

»Mögest du es nie erfahren, denn das ist eine tödlich schwere Wissenschaft.«

Komm mit nach meinem Schlosse
Wir wollen selig sein

Den Einzug in eine gemeinsame Wohnung feierte das Paar wie ein Hochzeitsfest. Heine hatte ein »Brautkleid« spendiert. Am Morgen darauf hielt Mathilde ihrem Geliebten eine Rede, in der sie versicherte, obwohl er sie gekauft habe – Heine soll ihrer Tante 3000 Franken gezahlt haben –, hätte sie sich freiwillig für ihn entschieden, und sie werde ihn nie verlassen, was er auch anstellen werde. So oft er einwarf, das habe er auch gar nicht vor, ihr Redeschwall war nicht zu bremsen. Als er schwor, sie ewig zu lieben, erwiderte sie, das könne er halten, wie er wolle, sie würde ihm so oder so auf Schritt und Tritt folgen. Nun meinte Heine doch die Frage stellen zu dürfen, was sie tun würde, wenn er sie verließe.

»Ich töte mich zu deinen Füßen.«

Zufrieden meinte Heine: »Daraufhin wollen wir erst mal frühstücken.«

Sie singt von lauter Liebe

Heine hatte sich mit Heinrich Laube, der 1839 nach Paris kam, befreundet. Mathilde war ein Thema auch zwischen ihnen. Sie verstehe nichts von seinen Schriften. »Sie liebt mich persönlichst!« betonte Heine.

Eine Bestätigung dafür fand Laube, als sie ihn fragte, ob ihr Henri tatsächlich ein berühmter deutscher Dichter sei.

Einst sah ich viele Blumen blühen

Heine nannte Mathilde »meine kleine Frau«. Damit sie etwas lerne, hatte er sie zeitweise auf ein Pensionat geschickt. Er war stolz auf jeden ihrer Fortschritte und lobte ihre Kenntnisse, ob es nun die Reihe ägyptischer Könige betraf, die sie hersagen konnte, oder die römische Geschichte, bei der sich Mathilde besonders für Lukretia begeisterte.

Bei einem von Heines Besuchen gab es einen Ball, und die jungen Damen führten einen Tanz auf. Die »kleine Frau« mit ihren üppigen Formen war bei weitem die größte unter den Pensionärinnen, aber zum Entzücken ihres Mannes tanzte sie ganz mädchenhaft und graziös.

Sie gehn so betrübt und gebrochen herum

Der Komponist Giacomo Meyerbeer und Heine, begleitet von Alexander Weill, durchstreiften eine verrufene Gegend voller Diebe, Zuhälter, verlumpter Kerle. Verkleidet »mit Mütze und Jacke«, um nicht aufzufallen, sahen sie sich das Elend an, speisten in einer Suppenküche und spendierten dort ein paar armen Schluckern ein Essen. Bei der Gelegenheit erzählte Weill, wie wenig er zum Leben brauche, weniger als 100 Franken reichten ihm.

»Damit kommen Sie aus? Sie verdienen ja einen Orden!«

Heine mischte sich ein: »Was soll er mit einem Orden? Eine Pension könnte er eher vertragen!«

Der wohlhabende Meyerbeer hatte verstanden und zahlte fortan dem jungen Weill einen monatlichen Mietzuschuß.

Aus meinen großen Schmerzen
Mach ich die kleinen Lieder

Alexander Weill: »Heine ist nur Heine, wenn er lächelt. Alle seine Gedichte entspringen seinem Mundwinkel.«

Ich aber bin ein klügerer Mann
Und habe mich stärker besonnen

Erst nachdem Börne gestorben war, formulierte Heine in »Ludwig Börne. Ein Denkschrift« seine polemischen Thesen gegen die kleinbürgerlich-radikale Position des Widersachers und gegen all das, was ihn von diesem Autor trennte. Das Buch löste heftige Debatten aus, und viele Vormärzdichter verübelten Heine diese Schrift.

Heinrich Laube, zur Zeit der Entstehung des Buches in Paris, warnte den Freund.

»Aber ist's nicht schön ausgedrückt?« meinte Heine.

»Mag sein, und doch ist's am falschen Orte.«

»Und ist's nicht wahr?«

»Nein, in diesem Zusammenhang ist's nicht wahr.«

»Ah, pardon, in meinem Zusammenhang ist es gründlich wahr.«

Laube unternahm einen letzten Versuch. Das wirke nur wie ein persönlicher Angriff auf einen von aller Welt geliebten Toten ...

»... der aber mein Feind war«, rief Heine, und fügte ruhig hinzu: »... und Feind meiner größern Weltanschauung.«

Rund 60 Jahre nach dem Erscheinen des Buches schrieb Thomas Mann: »Von seinen Werken liebe ich längst das Buch über Börne am meisten. Er war als Schriftsteller und Weltpsycholog nie mehr auf der Höhe, nie weiter voraus als in diesem Buch.«

Bei der Königswahl, wie sich versteht,
Hätten die Esel Majorität

Als sich Karl Gutzkow in einer langen Streitschrift zu Börne bekannte, sagte Heine zu Laube: »Da siehst du, wie recht ich hatte. Er ist ein prosaischer Nazarener. Er versteht die Schönheit der Welt nicht. Er hat keine Ahnung davon, daß die Poesie die Politik des Tages überlebt.«

Wahre Prinzen aus Genieland

Für Heinrich Laube bot das gesellschaftliche Leben in Paris viel Neues, und mit distanzierter Bewunderung blickte er auf Heine, der sich souverän in der Welt der Empfänge und Soiréen bewegte. Eines Abends, so berichtet er, kam Heine »in braunroter Samtweste, auf welche er stolz war, und weißer Krawatte« und schleppte ihn zu einem Marquis de Custine, der eine große Soirée gab. Dort würde Laube den ganzen »Krempel« von Berühmtheiten finden. Zumal der Marquis, der ein Buch über Rußland geschrieben hatte, nur ein halber Literat sei, also für vollen Besuch sorgen müsse, um selber voll auszusehen.

Denn die Welt war nur ein Garten

Laube über Heine: »Mit dem Mund schalt er, mit der Hand gab er.«

Ein Mann der Tat, tat er, was eben tunlich

Ende der dreißiger Jahre war es keineswegs en vogue, sich als ein Anhänger napoleonischer Politik zu erkennen zu geben. Eine Auferstehung der »Napoleoniden« galt als ausgeschlossen und als Phantasterei. Als solche wurden auch Heines Napoleongedichte abgetan. Heine war nie abgerückt von seiner Begeisterung für den Kaiser der Franzosen. Auch Heinrich Laube war überrascht, als Heine ihm diese Problematik viel ernsthafter und nüchterner als andere politische Fragen auseinandersetze. »Geh in die Provinz«, sagte Heine, »verkehre mit den Bauern, und du wirst nicht mehr lachen über meine Träume. Es fehlen nur die Posaunen. Sobald sie erdröhnen, werden die Reste der großen Armee samt ihren Kindern und Vettern aufstehen und schreien: ›Vive l'empereur!‹ Es werden Millionen sein, und die Menge tut's. Die Menge braucht eine greifbare Standarte. Die napoleonische Standarte allein ist greifbar. Spitzfindiger Kram ist nichts für den Bauern. Er glaubt nur an das, was er erlebt. Er braucht einen sichtbaren Gott.«

Da lachten die Geister im lustigen Chor

Laube vertrat vehement die Auffassung, ohne Märtyrer ließe sich keine große Idee durchsetzen.

Heine lachte nur darüber, nein, zum Märtyrer sei er nicht bestimmt, obwohl er in der Rue des Martyrs wohne.

Zigarren tragen sie im Maul,
Und in der Hosentasch die Händ

Heine führte Laube bei George Sand ein. Man saß im Salon, Chopin bereitete einen Kaffee am Kamin, und Madame la Marquise hatte sich gerade von einem der Gäste einen Korb geholt, denn sie war an einen Nichtraucher geraten. Da kam ihr Laube gerade recht: »Ah, Sie kommen aus Deutschland, Sie rauchen mit mir eine Zigarre.«

Aus Langeweile guck ich hinab –
Was gehn dich meine Blicke an?

Alfred de Vigny war mit einer Engländerin verheiratet, einer »recht langweiligen, dicken Dame«. Bei einem Besuch widmete Heine sich intensiv einem Gespräch mit dem französischen Schriftsteller. Er mied deutlich die Dame und überließ Laube die anstrengende Konversation. Hinterher bekannte er lachend: »de Vigny ist sehr dankbar, wenn ihm die Kosten häuslicher Unterhaltung eine Weile abgenommen werden.«

Doch böte mir Rothschild all sein Geld an ...

Heine begegnete Rothschild auf der Straße und fragte, wie es ihm gehe.

»Schlecht, die Politik macht mich ganz verrückt.«

»Ehe Sie nicht Ihr Geld zum Fenster rauswerfen, glaube ich nicht, daß Sie von Sinnen sind.«

Wirf dein Geld den Musikanten,
Denn die Fiedel macht das Fest

Baron Rothschild wollte sich von dem Maler Horace Vernet porträtieren lassen, fand aber den gefordeten Preis von 150 Louisdors zu hoch. Er begann zu feilschen; verärgert erhöhte Vernet seine Forderung auf zweihundert, dreihundert Louisdors – schließlich schrie er: »500 oder – gratis«, und karikierte den Baron in einem seiner Gemälde.

»Was tue ich mit all den faulen Schriftstellern und Malern!« rief Rothschild verächtlich aus. »Wenn ich will, kauf ich sie dutzendweise.«

»Schon möglich«, antwortete Heine, »aber wie werden Sie sie, wenn Sie sie gekauft haben, mit gutem Gewinn wieder los? Denken Sie an Vernet!«

Welches ist der wahre Gott?

Der Erzbischof von Mecheln und Baron Rothschild speisten bei einem Minister. Auch Heine war zu Gast.

Als man sich in den Speisesaal begab, sagte der Erzbischof: »Gehen Sie nur voran, Herr Baron.« Was Rothschild auch tat.

Heine sagte: »Herr Baron, man könnte darin eine Unhöflichkeit erblicken. Aber schon recht, das Alte Testament kommt vor dem Neuen.«

Und eine Blonde müßt es sein ...

Heine erkundigte ich bei einer schönen Dame, die einige Tage in Paris verbrachte, wer ihr denn die Stadt zeige. Sie nannte den Namen eines bekannten Komponisten. »Oh, das kommt uns allen zugute«, sagte er. »Es wird ihn einige Tage vom Komponieren abhalten.«

Das lügt und kriecht und katzenbuckelt

Der finanziell nicht gut dastehende Fürst Lichnowsky lebte eine Zeitlang auf Kosten des Komponisten und Klaviervirtuosen Franz Liszt, was Heine veranlaßte zu sagen: »Franz Liszt, dieser großmütige Beschützer talentvoller Fürsten.«

Buntgeputzt und vornehm nickend

Von einem Besuch bei der Familie Meyerbeer kommend, begegnete Heine einem Bekannten im Treppenhaus, der eben dem berühmten Komponisten einen Besuch abstatten wollte. Er erkundigte sich bei Heine, was die Gattin desselben für eine Frau sei.

»Ei nun«, erwiderte Heine, »es läßt sich mit ihr auskommen; ihre Töchter haben sie leidlich erzogen.«

Nennt man die besten Namen,
So wird auch meiner genannt

Heinrich Brockhaus, der in den »Blättern für literarische Unterhaltung« auch kritische Stimmen zu Heine veröffentlicht hatte, war etwas bang vor der Begegnung mit dem Dichter. Doch der empfing ihn freundlich und unterhielt sich liebenswürdig mit ihm.

Und auch Mathilde plauderte mit dem Verleger und verriet dabei ein Geheimnis: Als Brockhaus die Geistesschärfe und den Verstand des Dichters rühmte, meinte sie, er sei in Wirklichkeit ein lieber Junge, er verstelle sich nur so.

Eine Lanze ist das Wort,
Das scholastisch scharf gespitzet

Als bei einer Forderung zum Duell die Gegner sich nicht auf die Wahl der Waffen einigen konnten, meinte Heine zu seinem Kontrahenten: »Wenn Sie des Lebens satt sind, so hängen Sie sich doch auf!«

Und bist du erst mein ehlich Weib

Heine verschob ein Duell um einen Tag, weil er zuvor Mathilde »sicher stellen«, sprich heiraten wollte.

Am 31. August 1841 ließ sich Heine mit Mathilde zivil und kirchlich trauen. Auf dem Weg zum Altar entlockten ihm die verdreckten Pariser Straßen das Bonmot, daß der Weg zur Ehe recht kotig sei.

Die Liebesgluten, die so lodernd flammten

Als Heine und Mathilde aus der Kirche traten, sagte er, sich den Schweiß aus der Stirn wischend: »Ich verheirate mich bei 40 Grad Hundstagshitze; möge mich der allmächtige Gott stets bei gleich erhöhter Temperatur erhalten!«

Am Gesang der Pfaffen merk ich,
Daß vollendet schon die Trauung

Nach der kirchlichen Trauung sagte Heine zu Mathilde: »Die Musik am Hochzeitstage erinnert mich immer an die Musik, bei der die Soldaten in die Schlacht ziehen.«

Sie aber schon um achte
Trank roten Wein und lachte

Einen freute die Heirat Heines sehr: Gioacchino Rossini. Der war selber verheiratet und begrüßte in einer Art Kastengeist jeden, der sich eine legitime Frau zulegte. Das gäbe ihm soviel Befriedigung wie die Aussicht auf ein vorzügliches Makkaronigericht.

Ich mache jetzt mein Testament,
Es geht nun bald mit mir zu End

Heine behauptete, gleich nach der Heirat sein Testament gemacht zu haben – mit Mathilde als Universalerbin. Allerdings unter der Maßgabe, daß sie sich gleich nach seinem Tode wiederverheirate. Denn ein Mensch wenigstens solle um ihn trauern, solle ausrufen: Warum ist dieser Heine gestorben! Wäre er am Leben, hätte ich nicht seine Frau am Halse!

Ihr Vöglein in luftiger Höh

Mathildes geliebter Papagei war gestorben. Sie schluchzte und schrie, warf sich zu Boden und jammerte: »Nun bin ich ganz allein auf der Welt!«

Das wurde Heine nun doch zu bunt. »Was«, rief er, »ich bin dir also nichts?«

»Gar nichts, gar nichts!« rief sie in großer Pose.

Ihr tiefer Schmerz hielt eine Weile an, bis Heine einen neuen Papagei kaufte, nicht ganz so schön wie der alte, und ganz so innig wurde die neue Liebesbeziehung auch nicht.

Bei uns zu Land die Witterung,
Moral und Polizei
Gebieten streng, daß alt und jung
Leiblich bekleidet sei

Heine und Weill brachen zu einem Spaziergang auf. Da merkte Heine, daß er sein Portemonnaie vergessen hatte und bat den jüngeren, die vier Treppen zu steigen und es ihm zu holen, es läge im Schlafzimmer auf dem Kamin. Weill stürmte in das Zimmer – und stand vor der nackten Mathilde, die sich gerade umzog. Schnell war er wieder draußen.

»Ich habe Mathilde nackt gesehen«, gestand er Heine. Der erwiderte ruhig: »Nun, dann haben Sie etwas sehr Schönes gesehen.«

Später verständigten sie sich zu dritt darauf, daß einmal keinmal wäre.

Trägt nach einem Schal Verlangen
Deine Frau, so kauf ihr zwei ...

Es war kein Scherz, wenn Heine sagte: »Meine Frau braucht wieder einmal Schläge!« Und der Montag war der bevorzugte Tag für die Prozedur.

Mit den Worten »das ist für die Ungezogenheit, das für deine böse Zunge« knuffte er sie, halb lachend, halb ärgerlich. Da sie dreimal stärker war als er, war ihr Hilferuf an Weill Teil dieses seltsamen Spiels, das meist in einer Balgerei der beiden Kontrahenten auf dem Boden endete. Mit dem Kauf eines neuen Hutes oder Schals war die Versöhnung perfekt.

Hat versalzen dir die Suppe
Deine Frau, bezähm die Wut ...

Mathilde servierte einen Hecht, der niemandem schmeckte. »Sagen Sie nur, Weill, was halten Sie von dem Hecht. Ich habe ihn selbst gekauft!«

»Madame, er stinkt schon.«

Kaum hatte Weill das gesagt, ergriff Mathilde die Platte, auf der der Fisch in der Soße schwamm, und kippte Weill das Ganze ins Gesicht.

Heine brach in schallendes Gelächter aus. »Mathilde muß Sie schon sehr lieben, um sich so hinreißen zu lassen. Aber warten Sie nur, am Montag bekommt sie ihre Strafe.«

Mathilde lachte, entschuldigte ihre »Lebhaftigkeit« und säuberte den Gast mit der Serviette.

Mensch, bezahle deine Schulden, Lang ist ja die Lebensbahn

Der junge Schriftsteller Franz von Dingelstedt reiste mit geringer Barschaft in Paris an, borgte sich von Heine Geld und konstatierte: »Weil ich ihn wiederbezahlte, hält er mich für keinen deutschen Dichter.«

Groß wie Gott und die Natur – Und ich hab die Partitur

Heine fragte einen Bekannten, was er vom Talent Richard Wagners halte. Da der zugeben mußte, nicht auskunftsfähig zu sein, beendet Heine das Gespräch mit den Worten: »Wissen Sie, was mir an dem Talente verdächtig ist? Daß es von Meyerbeer in Schutz genommen wird.«

Ein Lachen und Singen

1843 kam Hans Christian Andersen erneut nach Paris. Heine nahm ihn mit in seine Wohnung, um ihm Mathilde vorzustellen. Andersen traf sie umgeben von einer Schar Kinder an. »Wir haben Sie bei Nachbarn ausgeliehen, da wir selber keine haben«, ließ sie ihn wissen. Andersen und Mathilde spielten mit den Kindern, Heine schrieb im Nebenzimmer ein Gedicht für den Märchenerzähler.

O, bittre Winterhärte!
Die Nasen sind erfroren,
Und die Klavierkonzerte
Zerreißen uns die Ohren

Der Komponist Friedrich Kücken traf in Paris ein und suchte als erstes das Haus von Meyerbeer auf, wo er in eine große Abendgesellschaft geriet.

Sein sehnlicher Wunsch war, Heine kennenzulernen. Als er ihn aufsuchte, wurde ihm mitgeteilt, der Hausherr sei nicht anwesend. Das wiederholte sich viele Male. Einmal sogar öffnete statt des Hausmädchens ein Mann, den Kücken schon als Heine begrüßen wollte, doch die Auskunft lautete wieder: »Herr Heine ist nicht zu Hause.«

Dann traf Kücken in einer Gesellschaft doch auf Heine, der ihn ansprach: »Wir kennen uns schon, lieber Kücken.«

Der Komponist wunderte sich.

»Nun, erinnern Sie sich an den Abend bei Meyerbeer, als er Sie vorstellte. Und ich dachte, du sollst doch den Landsmann begrüßen. Aber Sie fanden es nicht der Mühe wert mich zu beachten. Alexandre Dumas war dies nicht entgangen. Und Sie müssen doch wissen, Dumas ist ein Schandmaul. Er sagte: ›Lieber Heine, mit Ihrer Popularität in Deutschland muß es nicht weit her sein, denn der kennt Sie ja nicht einmal!‹ Sehen Sie, lieber Kücken, dergleichen kann man in Paris nicht vertragen.«

Sie haben dir viel erzählet

Arnold Ruge, den Heine den Trommelschläger der Hegelschen Philosophie genannt hatte, hielt sich im Palais Royal auf. Sein Begleiter machte ihn darauf aufmerksam, daß Heine in der Rotunde säße und wünsche, seine Bekanntschaft zu machen. Ruge, der Kritik an den »Jahrbüchern« geübt hatte, war überrascht: »I, der alte Fuchs! Das ist ja recht menschlich von ihm.«

»Denken Sie nicht, daß er Ihnen Ihre Kritik nachträgt«, sagte der Begleiter. »Er meinte, wenn man ordentlich gekreuzigt würde, steht man auch ordentlich wieder auf.«

Die Zukunft Deutschlands erblickest du hier

»Wie geht's in Deutschland?« wollte Heine von Ruge wissen. »Ich höre, jeder will sich sein Zimmer zum Gefängnis einrichten, um der Regierung unter die Arme zu greifen.«

»Sie beziehen sich auf die Preußen?«

»O nein, die Preußen sind es gewohnt, Staatsgefangene zu sein. Andere eifern ihnen jetzt nach.«

»Sehen Sie, dort sitzt ein preußischer Spion«, mischte sich Ruges Begleiter ein.

»Es gibt keine preußischen Spione, die Preußen zahlen nicht«, sagte Ruge.

»Die unbezahlten sind die schlimmsten, die hoffen erst, was zu kriegen«, meinte Heine.

Mit preußischen Festungen hab ich jedoch
Nicht gerne was zu schaffen

Heine hatte Ruge offenbart, daß er große Angst habe, man würde ihn ins Gefängnis werfen, wenn er nach Deutschland reiste. Ruge hielt diese Furcht für übertrieben. In einem Brief an seine Mutter schrieb er: »Es ist ihm ebenso unangenehm, nicht die Festung zu verdienen, als es ihm unangenehm wäre, sie zu genießen.«

Sei nicht mehr die weiche Flöte

Heine empfing Friedrich Hebbel, als der zum ersten Mal in Paris auftauchte, mit den Worten: »Ich sollte Sie eigentlich hassen, denn Sie sind die personifizierte Widerlegung meines Ausspruches, daß unsere Zeit nicht fähig sei, ein dramatisches Gedichte hervorzubringen.«

Allüberall ist Überfluß

Hebbel überbrachte einen Brief von Campe, und schon war man beim Thema Honorare. Heine brachte es auf den Punkt: »Unser Freund und Verleger hat eine gute Eigenschaft, so daß wir ganz sicher sind bei ihm: Er würde sich nie durch Großmut ruinieren.«

Gar manche, die ich als Kälber verließ,
Fand ich als Ochsen wieder

Heine war im Oktober 1843 nach Hamburg gereist. Moritz Embden, der Mann seiner Schwester Charlotte, war ein Verehrer Börnes und konnte sich nicht enthalten, seine Kritik vorzubringen.

»Sie haben recht«, erwiderte Heine, »es wäre besser gewesen, das Buch zu Börnes Lebzeiten zu veröffentlichen. Aber bei seinem galligen Charakter hätte er sich wahrscheinlich totgeärgert, und meine Widersacher hätten mich für seinen Tod verantwortlich gemacht.«

Verschlechtert sich nicht dein Herz und dein Stil

Als ein Freund sich beschwerte, Heine verteidige heute diese oder jene These und beweise morgen das Gegenteil, antwortete Heine mit unschuldigem Gesicht: »Haben Sie wirklich angenommen, daß ich immer meiner eigenen Meinung sei?«

Zwar auch unsre Damen preis ich

Über eine Dame der Hamburger Gesellschaft sagte Heine: »Sie wäre eine ganz schöne Frau, wenn ihr Gesicht sie nicht so verschände.«

Gibt es nicht gelehrte Hunde?

Hebbel saß in einem Café, als er ins Gespräch mit einem schwedischen Professor kam. Dieser offenbarte ihm, daß er eigentlich nur nach Paris gekommen sei, um hier zwei Menschen zu begegnen, dem deutschen Dichter Friedrich Hebbel, der sich zur Zeit in Paris aufhalte, und Heinrich Heine. Nun, zu Heine könne er ihn führen, meinte Hebbel. Der Professor war begeistert. Und was sei mit Hebbel? Den kennen Sie bereits, denn Hebbel bin ich.

Das Entzücken des Professors war grenzenlos.

Man brach auf, um Heine zu beehren. Der meinte wohl, Hebbel führe ihm ein Opfer zu, auf das er die ganze Wucht seines Witzes niedergehen lassen konnte. Der harmlose Professor stand Heine völlig hilflos gegenüber. Für die restliche Dauer seines Aufenthalts hielt er sich von Heine fern, faßte aber zu Hebbel ein großes Zutrauen.

Ich kenne die Weise, ich kenne den Text,
Ich kenn auch die Herren Verfasser

Einer der erfolgreichen Modeschriftsteller erregte in einem Café Heines Aufmerksamkeit, genauer, sein Mißfallen. Zu seinem Begleiter gewandt, sagte Heine: »Er tut so, als ob er sich für den blitzenden Jupiter halte. Dabei kann er mit einem Blitz kaum ein Streichhölzchen in Brand stecken.«

Ich sehnte mich nach Torfgeruch,
Nach deutschem Tabaksdampfe

Im Juli 1844 plante Heine eine Hamburgreise, die seine letzte werden sollte. Er schrieb seiner Mutter: »Ich komme mit Familie, d.h. mit meiner Frau und Cocotte, dem Papagei.«

Der Papagei reiste in einem Holzkäfig mit. Familie Embden holte Familie Heine am Hafen ab. Moritz Embden konnte seine Blicke von der schönen, fülligen Französin kaum wenden, war aber so höflich, ihr den Holzkasten abzunehmen. Kaum hatte man sich in einen Wagen gesetzt, hackte der Vogel dem Manne in den Finger. Der schleuderte den Käfig in die Ecke und verscherzte sich damit die Sympathien der Madame Heine.

Die Göttin hat mir Tee gekocht
Und Rum hineingegossen

Während seines Besuches in Hamburg verbrachte Heine viel Zeit im Hause seiner Schwester. Seine Lieblingsnichte, Anna, pflegte ihm den Tee zu servieren. Er scherzte mit ihr und fragte stets, ob der Tee auch so sei, wie sie ihn selber mochte, und nicht etwa Kamillentee. Dieser Neckerei müde, reichte die Nichte dem Onkel tatsächlich eine Tasse Kamillentee.

Heine schüttelte sich: »Brr! das Backfischchen hat sich gerächt!«

Das ist Herr Ludwig von Bayerland

Onkel Salomon war durchaus auf dem laufenden bei der Schriftstellerei seines Neffen. Heines spöttische Verse gegen den bayrischen König stießen ihm bitter auf. »Hör mal, wie kannst du dir so was herausnehmen – gegen einen König? Was bist du gegen ihn? Ein Lump bist du!«

Gelassen erwiderte Heine: »Du hast freilich recht, Onkel, aber siehst du, das Versemachen ist *mein* Geschäft. Der König von Bayern macht auch welche und beeinträchtigt mir mein Handwerk. Und das brauch ich nicht zu leiden.«

Der Sand, er rinnt im Stundenglas

Als Salomon Heine am 23. Dezember 1844 starb, war Heine bereits nach Paris zurückgekehrt. Er erwartete, im Testament reichlich bedacht zu sein. »Die brillanteste Zukunft« sollte es werden. Ganze 16000 Franken bekam er, und die 1838 zugebilligte monatliche Unterstützung sollte auch wegfallen.

Der Kahn zerbrach in eitel Trümmer

In einem Pariser Salon las der dänische Dramatiker Oelenschläger sein neuestes Trauerspiel. Er las es auf deutsch, mit starkem Akzent und Fehlern. Statt des erhofften Lobes bekam der Däne von Heine zu hören: »Ich hätte mir doch nie vorgestellt, daß ich so gut Dänisch verstände.«

Wenn einst erscheint der rechte Tag

Heine las Karl Marx gern seine Gedichte vor und diskutierte sie sogar mit ihm, obwohl er prinzipiell äußerst kritikempfindlich war. Wenn allerdings eine heftige Polemik gegen den Dichter in einer Gazette erschienen war, konnte ihn niemand besser beruhigen als Jenny Marx.

Als Heine sich einmal bei der Familie Marx aufhielt, wurde die kleine Tochter, ein Säugling von einigen Monaten, von Fieberkrämpfen geschüttelt. Verzweifelt und ratlos standen alle herum, da sagte Heine: »Das Kind muß in ein Bad«, und richtete eins her und legte das Kind hinein und rettete ihm, wie Marx sagte, das Leben.

Also fragen wir beständig

Ein Besucher sei dagewesen, meinte Mathilde, ein alter Herr, es habe ihr leid getan, daß er die vier Treppen vergebens gestiegen sei. Sie reichte Heine die Karte. Heine warf einen Blick darauf und sagte: »Der Mann ist gewohnt, noch viel höher zu steigen.«

Es war die Karte des Chimborazobezwingers und Naturforschers Alexander von Humboldt.

Fort ihr Bilder schönrer Tage

Erste Lähmungserscheinungen machten sich bemerkbar, zwei, drei Jahre, bevor die Erkrankung endgültig ausbrach. Der Gesichtsmuskel der linken Seite versagte zeitweise.

»Ach«, beklagte Heine sich, »ich kann nur noch auf einer Seite essen, nur mit einem Auge weinen! Ich bin nur noch ein halber Mann. Die Liebe kann ich nicht mehr ganz ausdrücken. O Frauen! Werde ich in Zukunft auch nur Anspruch auf die Hälfte eures Herzens haben?«

Ein andermal sagte er: »Ich verliere das Augenlicht, und gleich einer Nachtigall werde ich nur desto besser singen!«

Das dumme Lied, der dumme Kerl

Heine mochte den Komponisten Fromental Halévy nicht, dessen Opern beim Publikum beliebt waren. Einmal saß Heine mit einem deutschen Freund im Café, als ein junger Mann von etwas auffallendem Äußeren eintrat. »Wer ist das?« fragte der Deutsche.

»Das ist der jüngere Halévy«, sagte Heine, »sieht er nicht aus, als ob sein älterer Bruder ihn komponiert hätte?«

Und wie du der Mirabeau bist

Die Schwester von Ferdinand Lassalle kam nach Paris; sie lebte auf großem Fuß und schwärmte für Heines Gedichte. Bald machte sie die Bekanntschaft des Dichters, und als sie einmal mit ihm zum Frühstück saß, erschien Lassalle. Heine sagte dem hübschen jungen Mann eine große Zukunft voraus.

»Ich will der Mirabeau Deutschlands werden!« rief der.

»Sie sind nicht pockennarbig«, warf Heine ein. »Sie sind zu hübsch. Ja, wenn Sie Dichter wären, dann würden Ihnen alle schönen Friederiken und jede häßliche Frau von Stein nachlaufen, aber so, wie Sie sind, sehe ich in Ihnen nur einen Schauspieler, den eine dahergelaufene Bretterheldin kapern wird.«

Fürchte dich nicht, Poetlein!

Heine drängte seinen Freund Gérard de Nerval, das Manuskript einer Komödie zu übersetzen. Gar zu gern wollte er sich aufgeführt sehen. Der Freund erledigte die Arbeit. Doch als er nach einiger Zeit fragte, ob das Stück angenommen sei, gab Heine zu, es gar nicht eingereicht zu haben. Die Furcht zu scheitern war zu groß. »Ich wollte die Kulissen nicht in Versuchung bringen«, schloß er dieses Kapitel.

Der Schafspelz, den ich umgehängt

»Sie kennen ja unsere unglaublichen Zustände«, sagte Levin Schücking, als er sich mit Heine über die Zensur unterhielt.

»O ja«, erwiderte Heine, »Dante hätte ein eigenes Hölleninferno für die Redakteure erfunden, wenn er Florentiner Korrespondent der ›Allgemeinen Zeitung‹ gewesen wäre.«

Mit Verwundrung blickte jeder
Auf das unerhörte Schauspiel

Ein Berliner Literat suchte Heines Wohnung auf. Heine selber öffnete und erkannte blitzschnell, daß es wieder einmal ein deutscher Tourist war, der ihn zu sprechen begehrte. »Herr Heine ist nicht zu Haus«, wollte er den Besucher abfertigen.

»Wenn ich nicht irre«, sagte der kesse Berliner, »so sind Sie es selbst.«

»Und wenn ich es selbst bin, so bin ich doch nicht zu Hause«, konterte Heine und wollte die Tür schließen. Doch der Mann schob sich in die Tür:

»Ich komme von Herrn Börnstein, der mich freundlich aufgenommen hat und mir sagte, daß Sie ...«

»Nun, wenn er Sie freundlich aufgenommen hat, so gehen Sie wieder hin und sagen ihm, daß, wenn er einmal fünfzehn Jahre in Paris gelebt und mit fahrenden Literaten seine Erfahrungen gemacht hat wie ich, daß er dann auch niemanden mehr aufnehmen wird.« Damit flog die Tür ins Schloß.

1847 hatte Alexander Weill ein Stück über den Bauernkrieg geschrieben, Eugène Sue hatte Geld für die Drucklegung gegeben, zum Dank lud Weill ihn zu einem Frühstück, und damit er wirklich käme, versprach er, Heine werde anwesend sein, und Heine wiederum bat, den alten Balzac dazu zu laden, und so kam eine illustre Runde zusammen.

Balzac setzte an: »Man weiß, wie ich denke, altmodisch. Alles Neue ist fauler Zauber, nichts als Utopie.« Der Sozialist Sue unterbrach den Monarchisten, die Republik sei ja das Alte, die Monarchie neu, der »Despotismus eine neue Erfindung – die Freiheit so alt wie die Menschheit«.

»Der Sozialismus mordet die Republik ... Das ist der ewige Widerstreit zwischen dem Gefühl der Abhängigkeit und der Willensfreiheit, zwischen Plato und Aristoteles, zwischen Augustinus und dem heiligen Thomas, zwischen Luther und Müntzer«, entgegnete Balzac.

»Nicht zwischen Luther und Müntzer, sondern zwischen Luther und Luther wie zwischen Müntzer und Müntzer«, warf Heine ein. »Nie ist ein Deutscher ein halbes Jahr lang seiner Meinung.« Und deswegen könne es die nationale Einheit der Deutschen nur mit dem Bajonett geben.

Dann kamen sie auf die Gleichheit zu sprechen. »Es soll keiner im Überfluß schwelgen, wenn andere darben«, meinte Sue. Balzac hielt dagegen: »Dann könnten Sie auch sagen, es darf niemand Genie haben, wenn anderen der gesunde Menschenverstand abgeht.« Und häßliche Frauen dürften sagen, die schönen hätten kein Recht, schön zu sein ... »Bleiben wir bei der Sache«, meinte Balzac, »ich habe den St. Simonismus, Fourierismus und Kommunismus genau studiert. Ein verständiger Mensch kann unmöglich ernsthaft Kommunist sein, das ist ein Widerspruch in sich. Die Wahrheit ist, die Mehrzahl der Menschheit ist nicht glücklich und weiß es nur zu sein, wenn die Mächtigen, die Geistes- und Willensstarken, sie dazu zwingen. Unumschränkte Freiheit wird immer nur unumschränkte Anarchie sein.«

Sue fragte: »Was meint eigentlich Heine dazu?«

»Nun, als guter Deutscher bin ich verschiedener Meinung. Ich müßte aber bis auf die Sintflut zurückgehen. Darf ich?«

»Tun Sie's nur!«

»Es ist mir aufgefallen, daß der Tag von vierundzwanzig Stunden aus Tag und Nacht besteht. Zwei Kontraste. Es ist mir weiter aufgefallen, daß zum Kinderkriegen zwei nötig sind, ein Mann und eine Frau, besonders eine Frau. Wieder zwei Kontraste, die sich ab und zu einigermaßen harmonisch verbinden. Des weiteren habe ich beobachtet, um ein gutes Geschäft zu machen, braucht der Schlaukopf einen Dummkopf. Zwei Dissonanzen – so sagte mir, glaube ich, Berlioz, denn mit Meyerbeer bin ich verkracht – ergeben eine Harmonie. Bei der Liebe, behaupten die Kabbalisten, soll dasselbe Mysterium walten. Es soll sogar eine Farbtonleiter geben. Kurz, alles was von Dauer, alles, was zum Vergnügen da ist, besteht aus Kontrasten. Genauso steht es mit Republik und Monarchie. Nicht die eine *oder* die andere, sondern die eine *und* die andere. Was wir brauchen, ist eine Republik, geleitet von Monarchisten, oder eine Monarchie, beherrscht von Republikanern. Aber ich muß aufhören. Ich habe eine Frau, oder vielmehr, die Frau hat mich. Sie wird mir nie glauben, daß ich mit Genies frühstücke. Ich muß heim, aber ich darf sie hoffentlich bald bei mir sehen.«

Es war aber das letzte Mal, daß die drei sich sahen.

Nacht lag auf meinen Augen,
Blei lag auf meinem Mund

Die Erkrankung schritt voran, Heine unterzog sich allen möglichen Kuren und vielfachen ärztlichen Ratschlägen. Seine Hoffnung, in deutschen Heilbädern Heilung zu finden, zerschlug sich, als ihm Minister von Bodelschwingh 1846 auf seine Anfrage hin mitteilte, er habe die Verhaftung zu erwarten, sobald er preußischen Boden beträte.

In dieser Zeit schrieb Engels an Marx: »Der arme Teufel ist scheußlich auf dem Hund. Er ist mager geworden wie ein Gerippe. Er ist natürlich etwas deprimiert, wehmütig und, was am bezeichnendsten ist, äußerst wohlwollend (und zwar ernsthaft) in seinen Urteilen ...«

Der Alfred de Musset, der Gassenbub

Alfred de Musset war einst ein strahlender Stern am Literaturhimmel, aber sein Talent hatte sich aufgebraucht, nach Heines Auffassung war es »ganz aus« mit ihm. Als ein junger Mann Heine erzählte, er habe Musset-Übersetzungen an die Bibliothek, deren Vorsteher Musset sei, geschickt und warte gespannt auf dessen Reaktion, lachte Heine nur. »Ich glaube nicht, daß er weiß, in welcher Straße die Bibliothek, der er vorsteht, gelegen ist. Die Stelle haben ihm die Orleans gegeben, weil er die Geburt des Grafen mit Versen begrüßt hat; sehr nüchterne Staatsweisheiten in sogenannter gewählter Sprache. Es ist französische Poesie!«

Doch wenn ich küsse deinen Mund,
So werd ich ganz und gar gesund

Heine war schon schwer von der Krankheit gezeichnet, verließ aber seine Wohnung noch. Ein Bekannter traf ihn im Lesekabinett des Palais Royal, besorgte ihm Zeitschriften und las ihm vor. Doch Heine ermüdete schnell. So nahm er das Angebot des Bekannten, für die Heimfahrt einen Fiaker zu besorgen, gern an. Heine sollte im Schutz der Passage des Théâtre Français warten, bis der Wagen zu Stelle sei. Als der Bekannte atemlos zurückeilte, um Heine zu holen, fand er ihn hell lachend in einem Kreis von Grisetten. Er machte geistreiche Bonmots, und die Damen riefen ihn Monsieur Einé.

O Modewut! Ist man ein Dichter,
Quält uns die eigne Frau zuletzt
Bis man, wie andre Sangeslichter,
Ihr einen Reim ins Album setzt

Heine hatte Mathilde ein Album nach der Mode der Zeit geschenkt, hatte seiner kleinen Frau ein Gedicht auf die erste Seite geschrieben, und nun galt es, möglichst rasch die Einträge angesehener Persönlichkeiten zu sammeln. Also wurde ein Diner veranstaltet, man lud berühmte Gäste ein – darunter Jules Janin, Hector Berlioz, Léon Gozlan –, schaffte das Essen aus einem Restaurant herbei, tafelte, sprach den Getränken zu – und hielt Feder und Buch bereit. Bevor die Gäste sich verabschiedeten, erging an sie die freundliche Bitte um Eintragung; und als sie zur Tür hinaus waren, schauten Heine und Mathilde gespannt in das Buch.

»Es gibt ein einziges Mittel, eine alte Geliebte loszuwerden. Man heiratet sie. Léon Gozlan.«

Heine warf das Buch in die Ecke.

Der Tag verging in Freud und Lust,
Des Nachts lag sie an seiner Brust

Mathilde lernte nie deutsch sprechen. Einen Satz immerhin hatte Heine ihr beigebracht: »Ich bin eine wilde Katze.«

Da kam der Luther, und er hat
Sein großes »Halt!« gesprochen

Sie könne nie unter Deutschen leben, meinte Mathilde zu einem Freund Heines, die hätten einen bösartigen Witz. Sie führte Namen aus dem Bekanntenkreis an. Darunter sei ja nur ein Germane, alle anderen seien Juden, warf ihr Gegenüber ein. Ja, der Weill habe ihr gesagt, er sei Jude, aber die anderen? Nein, und Cohen schon gar nicht, der sei ein Verwandter ihres Henri, und schließlich sei Henri »Protestant und glaubt an Lütheer!«

Ich hab dich geliebet und liebe dich noch

Scherzhaft sagte Heine zu Heinrich Laube: »Zehn Jahre glücklich verheiratet; welcher deutsche Dichter kann das von sich behaupten!«

Laubes Versuche, diese These zu widerlegen, scheiterten daran, daß jeder Name, den er nannte, von Heine mit der Bemerkung »der ist kein Dichter« abgelehnt wurde.

Fort Gespenster! Nachtgesichte!

»Die Ärzte mögen mich trösten wie sie wollen. Ich habe nichts zu erwarten als erbärmliches Siechtum. Wahrscheinlich voller Abwechslungen. Wenn man plötzlich taub aufwacht, so vergißt man einige Zeit, daß man vorher schon blind gewesen ist. Und was hat's für einen Zweck? Gar keinen. Höchstens ist die Passionsgeschichte eine Reklame für die Gesamtausgabe meiner Werke zum Vorteile Campes und meiner Frau.«

Nein, ich bin noch nicht gestorben
Und erloschen – in der Seele

Im Januar 1848 besuchte Heine ein letztes Mal seine Freundin Caroline Jaubert. Vom Wagen bis zur Wohnungstür hatte ihn ein Diener tragen müssen. Er erlitt in ihrer Wohnung einen schweren Anfall, doch kaum hatte er sich etwas erholt, spottete er wieder: »Stellen Sie sich vor, ich wäre auf Ihrem Sofa gestorben! Die Leute hätten sogleich die Liebe mit dem Ereignis in Verbindung gebracht. Von welch reizendem Roman wäre ich der Held geworden.«

Wie langsam kriecht sie dahin,
Die Zeit, die schauderhafte Schnecke

»Du sprichst ja wie ein Buch«, sagte Laube bewundernd zu dem kranken Freund.

»Das tut man immer, wenn man keins mehr schreiben kann.«

Und liebend bewahrte dich die Zensur
Vor dem Gekreuzigtwerden

Von Februar bis Mai 1848 hielt sich Heine in einer Art Sanatorium auf. Mathilde und der Papagei leisteten ihm Gesellschaft. Als ein Arzt sich beklagte, er habe zuviel geschrieben – Heine hatte Artikel für die »Augsburger Allgemeine Zeitung« verfaßt –, rief Heine: »Geschrieben! Ach, ich kann nicht mehr schreiben, denn wir haben keine Zensur. Wie soll ein Mensch ohne Zensur schreiben, der immer unter Zensur gelebt hat? Aller Stil wird aufhören, die ganze Grammatik, die guten Sitten. Schrieb ich bisher etwas Dummes, dachte ich, die Zensur wird's ändern. Ich konnte mich darauf verlassen.«

Im Mondenglanze ruht das Meer

Eine Besucherin wollte am Krankenbett Trost spenden. Sie wies aus dem Fenster, es war ein herrlicher Frühlingstag, und scherzte: »Herr Heine hat den Frühling so schön gefeiert, daß der Frühling wohl auch etwas für ihn tun müßte.«

»Ich habe das Meer auch sehr schön besungen und bin immer seekrank geworden. Und die Frauen erst! Was haben Sie mir alles zugefügt!«

Denkst du der Heimat, die so ferne

Alles, was an Nachrichten über die Märzrevolution in Berlin nach Paris drang, interessierte Heine brennend. »Ich wollte, sie wäre früher oder später gekommen, denn in meinem Zustande sie erleben zu müssen, das ist, um sich totzuschießen.«

Frau Venus erwachte aus dem Schlaf

Ein letztes Mal suchte Heine den Louvre auf. Er setzte sich der Venus von Milo gegenüber und gab sich ganz der Betrachtung der Schönen hin.

Schließlich rief er aus: »Ach, weshalb bin ich nicht dort in jenem Augenblick gestorben. Das wäre ein poetischer, heidnischer, prächtiger Tod gewesen, den ich verdiente!«

Das Herz ist mir bedrückt

Der Arzt David Gruby hatte schon während einer Konsultation Mitte der dreißiger Jahre bei Heine eine beginnende Rückenmarkserkrankung diagnostiziert. Man hatte nicht auf ihn gehört. Jetzt, zum Jahresende 1848, zog man ihn erneut zu Rat. »Muß ich mich noch lange damit rumplagen?« fragte Heine.

»Noch sehr lange«, erwiderte der Arzt.

»Dann sagen Sie es nicht meiner Frau!«

Lieb Liebchen, leg's Händchen aufs Herze mein

Mathilde gab sich alle Mühe mit der Krankenpflege, war aber nicht sonderlich begabt. Eines Tages hörte sie, wie der Arzt sagte, der Kranke bedürfe besserer Pflege. Dafür lauerte sie ihm an der Tür auf und schlug ihm mit ihrer Faust das Auge blau.

... ein blinder Heid' und persönlicher Feind des Jehova

»Ich halte jetzt, da ich stündlich an meinen Tod denken muß, oft sehr ernste Gespräche mit Jehova in der Nacht, und er hat mir gesagt: Sie dürfen alles sein, lieber Doktor, Republikaner, Sozialist, nur kein Atheist.«

Ihr guten Christen, laßt euch nicht
Von Satans List umgarnen!

Mathilde erzählte es einem Besucher: Heine glaube wieder an Gott. Darauf angesprochen, meinte Heine: »In der Tat, es ist seit einiger Zeit eine religiöse Reaktion eingetreten. Weiß Gott, ob das mit den Morphinen zusammenhängt. Es ist so, ich glaube wieder an einen persönlichen Gott. Dahin kömmt man, wenn man krank ist, todkrank und gebrochen. Möge man kein Verbrechen daraus machen. Das deutsche Volk in seiner Not akzeptiert ja auch den König von Preußen, warum soll ich nicht meinen persönlichen Gott akzeptieren!«

Eine große Landstraß ist unsre Erd,
Wir Menschen sind Passagiere

In der »Ulmer Chronik« war ein Nachruf auf Heine veröffentlicht worden, es folgte die Notiz, daß Heine noch lebe. Heine meinte: »Der Schreiber meint es gut; er soll den Nekrolog aufheben und in wenig Jahren noch einmal drucken lassen.«

Die alte Frau hat mich so lieb …

An Tagen, an denen er sich besser fühlte, wurde der Vorleser bestellt, oder er diktierte seinem Sekretär seine »Memoiren« und Briefe. Die Mutter ließ er in dem Glauben, lediglich ein Augenleiden verhindere, daß er selber ihr schriebe. Heine war mißtrauisch den wechselnden Sekretären gegenüber. Als er einen recht beschränkten aussuchte, der den Wert des Diktierten schwerlich einzuschätzen vermochte, zwangen ihn die vielen Schnitzer bald, ihn zu entlassen; als er einen klugen fand, versuchte der, sich die Rechte an den »Memoiren« zu sichern, und mußte ebenfalls entlassen werden.

Verblichen und verweht sind längst die Träume

Als Ludwig Kalisch Heine besuchte, erinnerte dieser sich an seine Berliner Zeit mit Grabbe. »Er hielt mich für sehr reich, weil ich damals – ich weiß nicht, durch welchen Zufall – einen schönen Mantel besaß, und er behauptete, daß ich, von diesem Mantel behaglich durchwärmt, südlich glühende Lieder bequem dichten könne, während er, in einem fadenscheinigen, lebensmüden Rocke dem unverschämten Berliner Wind ausgesetzt, seine dramatischen Stoffe aus dem fernen Norden holen müsse.«

Du bist so recht die rechte Sorte

Über den Schrifsteller Moritz Hartmann sagte Heine: »Ein hübscher Mann, alle Frauenzimmer sind in ihn verliebt, mit Ausnahme der Musen.«

Schweres Kreuz, gleichviel, ich schlepp es

»Wenn ich wieder gehen könnte, und sei's mit Krücken. Und wissen, Sie, wohin ich ginge? In die Kirche«, sagte Heine zu einem Besucher.

»Und wohin gingen Sie ohne Krücken?«

»Ich würde über die Boulevards spazieren und einen Ball besuchen.«

Und dachte in meinem Gemüte:
Der Campe ist wirklich ein großer Mann,
Ist aller Verleger Blüte

»Campe lag mir armem kranken Menschen über neun Tage auf dem Halse«, beklagte sich Heine. Der Verleger besuchte Heine 1851. »Sie arbeiten viel«, sagte er zu Heine, »und wo gearbeitet wird, muß doch endlich etwas zum Abschluß fertig werden. In Deutschland haben wir zur Zeit Haussuchungsrummel, ich will doch sehen, ob in Paris bei Heine eine Haussuchung ein Resultat liefert.« Campe ging es um den »Romanzero«, den Heine ihm verheimlichte. Am Ende mußte der Verleger ein stattliches Honorar zahlen und bekam das Buch.

Und wachsen uns Flügel nach dem Tod

Campe wünschte ein Porträt des Dichters und Freundes zu besitzen. Heine stimmte nach anfänglichem Widerspruch zu. Der Maler Benedikt Kietz zeichnete mit schwarzer Kreide. Als Mathilde das Bild sah, erschrak sie über die geschlossenen Augen. »Er sieht ganz blind aus.« Campe sagte, das sei nach der Natur. Nein, sie wollte eines mit offenen Augen. Der Maler zeichnete es.

Heine verlangte beide Bilder zu sehen. Das mit den offenen Augen gab er gleich zurück, das andere betrachtete er lange. »Ja, ja«, seufzte er, »das ist das wahre Bild unseres Herrn – er war ja auch ein Jude.«

Du trauriger, blasser Mann!

Heine lag nicht auf einem gewöhnlichen Bett; ein halbes Dutzend übereinandergelegte Matratzen sollte verhindern, daß der Körper irgendeinen harten Widerstand spürte. Die Krankenwärterin, eine kräftige Mulattin, trug ihn wie ein Kind auf den Armen in die Wanne. Seinem Bruder Max, der ihn im Sommer 1852 besuchte, gab er den Scherz mit auf die Reise: »Siehst du, nun kannst du den Deutschen sagen, daß ich in Paris auf Händen getragen werde.«

Ich bin ein deutscher Dichter,
Bekannt im deutschen Land

Max munterte seinen Bruder mit Plaudereien über dies und das auf, sprach über den Ruhm des Dichters in Deutschland und seine Gewißheit, daß die Geburtsstadt Düsseldorf ihm bald ein Denkmal setzen werde.

»In Hamburg hab ich schon eins«, unterbrach ihn Heine.

Erstaunt fragte der Bruder, wo denn das sein solle.

»Vom Börsenplatz links siehst du ein großes Haus, das gehört dem Julius Campe. Ein prachtvolles Monument aus Stein, in dankbarer Erinnerung an die vielen großen Auflagen meines ›Buches der Lieder‹.«

O Gott, wie süß und traulich läßt sich leben
In diesem traulich süßen Erdenneste!

Als er eines Nachts einen seiner schweren Anfälle hatte, eilte Mathilde zu ihm. Sie ergriff seine Hand, tröstete ihn und vergoß heiße Tränen. »Nein, Henri«, schluchzte sie, »du darfst nicht sterben, tu mir das nicht an. Hab Mitleid mit mir. Heut früh ist schon Cocotte von mir gegangen, wenn du auch stirbst, wäre ich zu unglücklich!«

»Das war mir ein Befehl, ich gehorchte, ich habe fortgefahren zu leben«, sagte Heine, als er seiner Freundin Caroline Jaubert davon erzählte.

Und Dideldumdei und Schnedderedeng!

Einer der Freunde brachte einmal einen Pariser Dandy mit, der ununterbrochen von Pferderennen schwatzte. Diese Art der Konversation zerrte an Heines Nerven, er sagte: »So ein durch und durch gesunder Mensch ist auch ein halbes Tier!«

Wenn zwei voneinander scheiden

Für seine Schwester Charlotte hatte er, einen Tag vor ihrer Heimreise, ein Gedicht geschrieben. Das Blatt lag auf dem Tisch. Als man es am nächsten Morgen suchte, war es verschwunden. Das Hausmädchen hatte es wohl zum Feuermachen verwendet. Heine tröstete die Schwester: »Wenn wir uns wiedersehen, mache ich dir ein noch feurigeres Gedicht.«

So schwebt mir vor ein süßes
Anmutig liebes Bild

In den letzten Lebensmonaten bekam Heine fast täglich Besuch von einer Verehrerin, einer jungen Deutschen, Camilla Selden, die er »Mouche« nannte, weil sie einen Ring mit einer Fliege trug. Wenn sie sich einmal verspätete, machte er ihr Vorwürfe. Und entschuldigte sich mit den Worten: »Wenn ich den Tod so dicht neben mir fühle, muß ich mich ans Leben klammern.«

Flogest aus nach Sonn und Glück

Camilla Selden hatte die »Bekenntnisse des Augustinus« gelesen und vermutete bei Heine eine ähnliche Begeisterung für diesen Heiligen.

»Finden Sie dieses Buch denn nicht interessant?«

Heine sah sie spöttisch an. »Doch, gewiß, bis zu dem Augenblick, wo er sich bekehrt.«

Gestorben ist der Herrgott oben,
Und unten ist der Teufel tot

Als man Heine kurz vor seinem Tod fragte, wie er zu Gott stehe, antwortete er lächelnd: »Seien Sie unbesorgt, Gott wird mir verzeihen. Das ist ja sein Metier.«

Der Tod, das ist die kühle Nacht

Am 16. Februar 1856 fragte Heine seinen Arzt, ob es nun zu Ende gehe.

Der Arzt schwieg, dann fragte er: »Haben Sie eine letzte Bitte an mich?«

»Ja«, sagte Heine, »lassen Sie meine Frau schlafen und holen Sie die Blumen dort vom Tisch, die sie mir heut gekauft hat. Legen Sie mir die Blumen auf die Brust.«

Nachdem der Arzt ihm den Wunsch erfüllt hatte, flüsterte der Dichter: »Blumen, Blumen. Wie schön ist doch die Natur!«

Biographische Daten und wichtige Werke

1797	Am 13. Dezember in Düsseldorf als Harry Heine in einer jüdischen Kaufmannsfamilie geboren, Geschwister: Charlotte (*1800), Gustav (*1805) und Maximilian (*1807)
1807–1814	Düsseldorfer Lyzeum, Abgang ohne Abitur; anschließend Handelsschule
1815	Kaufmännische Lehre in Frankfurt am Main
1816	Volontär im Bankhaus des Onkels Salomon Heine in Hamburg
1817	Erste Publikationen
1819–1825	Jurastudium in Bonn, Göttingen und Berlin
1821	Berlin, erster Gedichtband
1822	Mitglied im Verein für Kultur und Wissenschaft der Juden; Reise nach Posen
1824	Harzreise; Besuch bei Goethe
1825	Evangelisch-lutherische Taufe in Heiligenstadt, Namensänderung zu Heinrich Heine; Promotion in Göttingen über Straf- und Zivilrecht
1826	Erster Teil der »Reisebilder« erscheint bei Campe
1827	»Buch der Lieder«, »Reisebilder. Zweiter Teil«; Englandreise; Übersiedlung nach München, um die »Politischen Annalen« zu redigieren
1828	Italienreise; Tod des Vaters, bis zur Über-

	siedlung nach Paris Aufenthalte in Berlin, Potsdam, Hamburg, Helgoland
1830	»Reisebilder. Dritter Teil«
1831	Übersiedlung nach Paris
1832	Pariser Korrespondent für Cottas »Augsburger Allgemeine Zeitung«; beginnendes Nervenleiden
1833	Verbot von Heines Schriften in Preußen
1834	Begegnung mit Crescentia Eugenie Mirat (genannt Mathilde); »Zur Geschichte der Religion und Philosophie in Deutschland«
1835	Verbot der Schriften Heines und des Jungen Deutschland im Deutschen Bund
1836	»Die romantische Schule«
1837	Vorübergehende schwere Lähmungserscheinungen
1840	»Ludwig Börne. Eine Denkschrift«
1841	Heirat mit Crescentia Eugenie Mirat
1843	Reise nach Hamburg; Bekanntschaft mit Karl Marx, Mitarbeit am »Vorwärts!«
1844	Erneute Reise nach Hamburg; »Neue Gedichte«, darin: »Deutschland. Ein Wintermärchen«
1845	Tod des Onkels Salomon Heine; Einstellung der Unterstützungszahlungen; Verschlimmerung der Krankheit
1847	»Atta Troll – Ein Sommernachtstraum«
1848	Andauerndes Krankenlager (»Matratzengruft«)

1851	»Doktor Faust« erscheint und wird in Preußen und Österreich verboten
1854	Als letztes Werk zu Lebzeiten erscheinen drei Bände »Vermischte Schriften«, darin die zwei Teile von »Lutetia«
1856	Tod in Paris am 17. Februar
1884	»Memoiren«

Hacks-Anekdoten bei Eulenspiegel

Pasiphaë

Was ist das hier?

130 Anekdoten über Peter Hacks und dreizehn anderweitige

Peter Hacks ist unbestritten eine der herausragenden Gestalten der deutschen Gegenwartsliteratur und der DDR-Geschichte. Seine Werke erscheinen seit 1954, seine Dramen werden seit 50 Jahren auf deutschen wie ausländischen Bühnen gespielt, seine Gedichte stehen in den Schulbüchern des Landes. Er ist mit der Zeit ein Klassiker geworden, und kürzlich ist bei Eulenspiegel eine fünfzehnbändige Werkausgabe mit kanonischem Charakter erschienen. Woran es bislang mangelte, sind zuverlässige, über die allgemeinsten Eckdaten hinausgehende biographische Auskünfte von diesem Peter Hacks. Nun endlich hat eine schöngeistige Autorin Umstände und Begebenheiten aus seinem Leben näher untersucht und die bedeutendsten zu kleinen, aussagekräftigen und pointierten Geschichten verdichtet. Darin begegnet man zahlreichen bekannten Persönlichkeiten und gewinnt höchst ungewöhnliche Perspektiven auf Ereignisse der Dichtungsgeschichte. Jeder an Leben und Werk von Peter Hacks Interessierte kann hier seine Neugier befriedigen, und auch dem wissenschaftlich Tätigen wird das Buch eine willkommene Handreichung für seine Arbeit sein.

96 S., geb., 9,90 Euro

ISBN 3-359-01305-0

ISBN-10: 3-359-01313-1
ISBN-13: 978-3-359-01313-6

Rosa-Luxemburg-Str. 39, 10178 Berlin
Umschlaggestaltung nach einem Reihenentwurf von Matthias Gubig, unter Verwendung eines Gemäldes von Moritz Oppenheim
Druck und Bindung: Salzland Druck, Staßfurt

Die Bücher des Eulenspiegel Verlags erscheinen in der Eulenspiegel Verlagsgruppe.

www.eulenspiegel-verlag.de